Volver a hablar con Nelson

ALINA SIN RIMAR

Llegué a casa de Alina una noche que soplaba fuerte el viento de Cuaresma. Me llevó Archie, un amigo que me habló de sus poemas. Me dijo que me gustaría conocerla. No tuvo que insistirme mucho. Siempre me gustó conocer poetas, y más si son mujeres.

Además, esa noche hubiera ido a cualquier parte. Al fondo de un crematorio nazi. Al mismísimo carajo… Mi matrimonio se caía a pedazos. Mi casa se había convertido en un infierno de reproches, discusiones, telarañas y pañales cagados.

Cuando Alina abrió la puerta, olía a papas fritas. Los Bee Gees cantaban en el tocadiscos. Lamentaban que se hubiera ido la luz en Massachussets. En La Víbora, ya había venido. Cosa rara: la luz vino temprano. Hablaba Fidel en televisión y eso explicaba la brevedad del apagón. Por sobre la voz de Barry Gibbs anunciando que pensaba volver a San Francisco llegaban palabras sueltas del Comandante. O creía oírlas, que siempre eran las mismas: victoria, imperialismo, mártires, muerte…

Alina estaba cocinando. Sus hijos la apuraban con la comida porque se iban para la calle. Los dos rubios, flacos, adolescentes. La hembra a verse con su novio freakie en El Vedado. El varón —es un decir, se veía más femenino que su madre y su hermana juntas— nunca decía adónde. Tampoco nadie le preguntaba.

La mujer me dio la mano y me miró como si me conociera de algún lugar pero no consiguiera recordar de dónde. Nos puso en las manos sendos vasos con el peor alcohol de la comarca y nos dijo que nos acomodáramos, que enseguida terminaba en la cocina.

No había mucho donde acomodarse. Era una habitación con barbacoa de madera. Los únicos muebles eran una mesa con cuatro sillas y dos improvisados estantes hechos de tablones sin pintar, atiborrados de libros. Sobre ellos descansaba un tocadiscos ruso. En una esquina, sobre el suelo, una enorme estera vietnamita hacía las veces de sofá-cama de bambú.

Alina acabó en la cocina justo cuando terminó el disco de los Bee Gees. Sirvió a los muchachos y puso el *Help* de los Beatles. Se sentó en una esquina de la estera, se sirvió un vaso de alcohol y anunció que estaba lista para atendernos.

Para entonces se habían sumado al grupo dos personas más. Una mulata joven, pasada de libras, que entró sin tocar ni saludar, con cara de pocos amigos. Y un tipo flaco y velludo, rapado, con barba canosa y cara de maricón críptico. Alina lo presentó como un amigo de su pueblo, también poeta, que estaba de paso por La Habana.

Alina era de Jovellanos. Se fue del pueblo para Matanzas con el que sería el padre de sus hijos. Tenía dieciséis años y estaba embarazada. La hembra fue la primera. El varón nació en La Habana, dos meses después del divorcio.

Llegó a La Habana cargada de sueños, con dos niños, sin marido, y con sus libros empacados en cajas de cartón. Fue a dar a una cuartería en la Calzada de 10 de Octubre. Se puso a vivir con un tipo que bebía ron como si fuera agua y escribía novelas «para publicar afuera» que nunca terminaba. Estuvieron juntos más de siete años y la ayudó a criar los niños. Cuando la relación empezaba a agriarse, el hombre se largó por el Mariel y Alina se quedó con el cuarto.

En 1980, cuando su marido se fue, Alina llevaba casi un año en una microbrigada. Trabajaba doce horas diarias y dos domingos al mes. Sus manos se encallecieron, su piel se oscureció y su cabello perdió el brillo. No le importaba. Estaba decidida a hacer lo que fuera preciso con tal de ganarse un apartamento de dos o tres habitaciones y salir del cuarto en el solar.

De todo eso me fui enterando sobre la marcha, poco a poco. Tras un rato de conversación, apagó el tocadiscos, sacó dos libretas de poemas y empezó a leer.

La rabia y la ternura se equilibraban como podían en sus versos. También escribía literatura infantil, le habían publicado un libro en la editorial Gente Nueva, pero ella prefería escribir poemas. Aunque no se los publicaran. Había pedido, sin muchas esperanzas, ayuda a sus amigas escritoras. Sabía que podía contar con ellas. No le fallaron. Hicieron lo que pudieron. Cada una a su manera. Como Frank Sinatra.

Carilda Oliver, en su casona matancera de la Calzada de Terry, esquivaba los sablazos de su marido de turno, aún no recuperada del susto que le dieron aquellos muchachos tan revolucionarios, apuestos y combativos. Le recomendó escribir un poemario dedicado al Comandante.

Reina María Rodríguez la invitó a almorzar arroz con pescado y le dijo que, todos los jueves por la noche, su azotea estaría abierta para ella (en su zona no quitaban la luz).

María Elena Cruz Varela la invitó a unirse a un grupo disidente y le recomendó que tuviera cuidado al salir porque vigilaban la casa (en Alamar hay muchos chivatos, le advirtió).

Excilia Saldaña la ayudó a publicar un libro de cuentos para niños en la editorial Gente Nueva, además de exhortarla a que se templara un mulato (nada mejor para sacar a una poetisa de la depresión, dijo).

Alicia siguió los consejos, excepto el del poemario con dedicatoria al Máximo. Asistía a las tertulias en la azotea de Reina María, se hizo disidente sin pregonarlo mucho y se templó no ya a uno, sino a varios mulatos.

Además, vagaba desolada por peñas, talleres literarios y casas de la cultura. Aspirantes a comisarios culturales municipales la consideraban irritante, inadecuada e inconveniente. Evitando mirarle la cara, le hacían severos señalamientos formales e ideológicos a su poesía.

Nos contó sus cuitas entre poemas. Entre uno y el próximo, se metía un trago largo. A veces explicaba sus versos y otras contaba pedazos de su vida. O me preguntaba de la mía. Cuando le dije que me habían botado de la universidad, que llevaba casi diez años en la construcción y que sólo allí me daban trabajo, me alargó la botella y me dijo:

—Así que tú también eres un náufrago. Un machucado. Claro, por eso viniste a parar a esta casa. Aquí solo vienen náufragos y escachados. Todos lo somos. No cojas lucha. Uno lo que no puede ahogarse, Ernesto.

—No, yo me llamo Luis…

—Como te llames, no cojas lucha, el lío de naufragar es no ahogarse. Hay que buscar el lado positivo de las cosas. Dicen que no hay mal que por bien no venga. Trabajar en la construcción tiene sus cosas buenas. Mira, yo aprendí a azulejear baños y cocinas. A veces hago trabajitos que no sean muy grandes y me gano unos pesos. La vida está dura y mis hijos no pueden pasar hambre. Y a ti la construcción te asienta, Ernesto… Estás flaco pero fuerte como un mulo, y hasta mira qué color tan lindo que has cogido —dijo y me acarició el brazo.

—Luis, no Ernesto…

—Ay, es que te pareces tanto a Ernesto, un amigo mío que se fue. Idéntico, cagadito a ti. No jodas, que más da. ¿Te molesta que te llame Ernesto? Quiero que esta noche seas Ernesto —dijo y se acercó más a mí. Apoyó el brazo en mi muslo y empezó a leer otro poema mientras la pinga se me empezaba a poner dura.

La mujer era un poco mayor que yo. Yo tenía veintiocho años y ella poco más de treinta y cinco. Se veía maltratada y poco femenina, pero atraía. Era su voz, la mirada, el modo de fumar… ¿Quién dijo que las mujeres inteligentes necesitan ser bellas?

Mi amigo Archie había ido a buscar otra botella. La mulata, medio dormida, cabeceaba en la mesa. El calvo barbudo, con cara de maricón serio, registraba en el librero. En el tocadiscos sonaban las Estaciones de Vivaldi.

–¿Te gusta Vivaldi? –me preguntó Alina, ya con la cabeza en mi hombro.

–Sí, mucho…

–Te pregunté porque tienes facha de rockero…

–Y Bach y Mozart también…

–¿Y yo, chico, no te gusto yo? –y me metió la lengua en la boca hasta la laringe.

Cuando volvió Archie con la botella, nos encontró revolcados en la estera. Llenó un vaso plástico hasta el tope y se largó. Lo acompañó el de la barba, que dijo que iba a buscar cigarros. La mulata gorda dormía en la mesa.

–Vamos para la barbacoa –le dije a Alina cuando me empezó a bajar el zipper del pantalón.

–No te apures, Ernesto, hay tiempo…

–Te dije que yo me llamo Luis, cojones…

–Ay, viejo, qué importa, relájate, anda –y me la empezó a mamar con fruición.

No pude venirme. El amigo de Matanzas con cara de misterio había vuelto con los cigarros. Desde la puerta llamaba a Alina:

–Ali, tengo sueño, voy para la barbacoa… ¿se puede?

–No, espérate –dijo Alina y se levantó y salió al pasillo con una ligereza insospechada, si se tenía en cuenta todo el alcohol que había bebido. La mulata gorda, ligera como una bailarina y desperezada como para dirigir la orquesta sinfónica de Boston, salió tras ella.

Desde el pasillo, por encima de la música del disco de Bob Marley que puse después de Vivaldi, y del discurso de Fidel que seguía todavía en el televisor del cuarto vecino, llegaban a mí las voces.

—Coño, pero tú no me puedes hacer esto… ¿Adónde me voy a ir? A esta hora ya no hay guaguas…

…I gotta love you, every day and every night…

…a los imperialistas. Patria o muerte, venceremos…

—Oye, yo no sé, a casa de tu hermano… Aquí no te puedes quedar. Son las 11 y pico. Si te apuras coges la 31.

…if it is love, if it is love what I am feeling…

—Eso es tremenda mierda tuya. Total, por un tipo que acabas de conocer. Coño, qué caliente te has vuelto… Ná, pero tú me la pagas…

…I am putting all my cards on the table…

—Oye, repinga, ya Alina te dijo que te fueras. Dale, dale, andando —intervino la mulata.

…I gotta love you…

—Coño, que liberada tú te has vuelto… ¿Ya compartes tu compromiso? ¿O van a hacer un cuadro de tortilla con el come-mierda ese?

—Tortillera es la resingá de tu madre, tú, maricón. Vete pa la pinga, dale, antes que te caiga arriba, dale…

Cuando Alina volvió a entrar, estaba sola. La mulata salió tras el tipo a la calle, gritándole improperios, y no regresó.

—Oye, disculpa esto… Los amigos a veces abusan. Coño, que no se dan cuenta de las cosas…

—Ya, olvídate de eso, volvemos a donde nos quedamos —dije y la abracé—. Vamos para arriba…

—¿Dónde nos quedamos? Te estaba diciendo que no te apures, hay tiempo, Ernesto…

—Cojones, que yo soy Luis…

—Tú ves, ahí mismo nos quedamos… Métete otro trago… ¿Tú eres tan apurado para todo? ¿No tienes calor? ¿Por qué no te quitas la camisa?

–Anda, vamos para arriba –le dije quitándome la camisa–,
antes que lleguen tus hijos.

–No hay apuro, la niña se queda a dormir en casa del novio
y Joan, si es que viene a dormir, llega de madrugada… Oye,
Ernesto, ¿sabes una cosa? Menos mal que tú no tienes muchos
pelos en la espalda. La tienes prieta y rica, como tu pinga –dijo
mordiéndome–. Velludo y con esa barba, pensé que tenías la
espalda peluda. No me gustan los tipos con mucho pelo. En eso
no te pareces a Ernesto… vamos a ver si en la cama tampoco
te pareces…

Cuando subimos a la barbacoa, ya me decía Luis, pero se me
cayó la pinga. No sé si por la borrachera o por el trabajo que
pasé para convencerla de templar sin preservativo. Desnuda,
ya no me gustaba tanto.

Me dijo que no me preocupara, que ella me la volvía a parar.
Y me la volvió a parar con lengua experta, mientras el cuarto
me daba vueltas tirado en la cama y trataba de contar las manchas de humedad en el techo. Pero entonces no quería que se
la metiera. Decía que estaba borracha, que le había bajado la
regla, que le iba a doler… Qué sé yo cuantas cosas decía.

–Todos ustedes son muy toscos, no saben tratar a las mujeres
–protestó cuando al fin se la metí. Al rato se empezó a menear,
pero sin mucho entusiasmo. Su mano se deslizó por mi espalda
hasta posarse en mis nalgas.

–Dime, ¿que quieres que te haga? –preguntó.

–Que no me toques el culo. Menéate y vamos a venirnos…

El vómito de Alina me salpicó el pecho. Saltó de la cama
y gritó:

–¿Pero quien coño tú crees que soy? Yo lo sabía, cojones.
Todos son iguales. Dale, arranca, vete pa la pinga…

–Ali, ¿Qué coño te pasa?

–¡Lo que me pasa, cojones, es que a mí no se me puede
tratar así!

—Ali, disculpa, es que estamos borrachos…

—Vete, que me das asco, a mí no me gustan los hombres.

—Ah, pero tú no me vas a dejar así, caliente y con dolor de huevos…

—¡Vete! —gritó y agarró la botella.

—Eh, ¿pero que coño pasa aquí? —dijo la mulata gorda, entrando como una tromba por la puerta.

Estaba poniéndome el pantalón mientras bajaba la escalera de la barbacoa. En el último escalón, la gorda me atizó el primer palazo. El segundo y el tercero me los dieron por la espalda (supongo que habrá sido Alina). El quinto golpe, en la cabeza, me desmayó. También presumo que fue Alina. No necesariamente tuvo que ser con algo muy contundente. El alcohol y el hambre no me dejaban seguir en pie.

Lo último que recuerdo antes de caerme es que un adolescente gritaba con voz afeminada:

—Ay, mami, ¿qué te hizo este tipo?

Cuando me desperté, ya se habían ido los policías. Alina y la mulata los convencieron que había sido un pequeño altercado doméstico agravado por la borrachera. Los guardias les advirtieron que la próxima vez cargaban con todos para la unidad.

Casi amanecía. Estaba acostado en la estera de bambú. La gorda y el muchacho fueron a dormir a la barbacoa tan pronto me vieron abrir los ojos. Todavía estaba mareado. Me dolía todo el cuerpo. La boca me sabía a sangre y a mierda. Alina me apretó la mano y sonrió maternal.

—¿Quieres un trago para que niveles o te preparo algo de comer?

—No, deja, no te preocupes, me voy, que no puedo faltar al trabajo… ¿Donde está mi camisa?

—¿Cómo te vas a ir así?

—¿Y que voy a hacer? ¿Quedarme a vivir aquí?

Alina estaba recién bañada y se había cambiado de ropa.

—Oye, perdóname, no quiero que esto se quede así. Me pasa a veces. Es que me recordaste mucho a Ernesto. No sé qué coño me pasó… Es que él me gustaba mucho. Nunca me he vuelto a sentir con nadie como con él.

—No te preocupes…

—Con él, todo acabó mal. En una bronca, le piqué la cara con una botella. Es que me gustaba demasiado. Pero ya estaba empatada con la Cusa. Hay cosas que los hombres no te pueden dar ni aunque quieran. Ernesto no quiso entender lo de nosotras, pero se portó bien. No hizo la denuncia. Se fue por el Mariel. Nunca he vuelto a saber de él. Y tú me lo recuerdas tanto…

Me levanté, fui hasta el baño, meé y descolgué de un perchero la camisa. Estaba mojada. Alina la había lavado. Sentir la tela húmeda en la espalda me reanimó. Encendí un cigarro y me sentí mejor.

—Puedes volver por aquí cuando quieras, pero no me presiones para volvernos a acostar. Me gustas, pero me da roña que un hombre me guste. No quiero enamorarme de ningún tipo, no le puedo hacer esa mariconada a la Cusa.

—Me voy, que se me hizo tarde…

—Sabes, lo que más me gusta de ti es que te haces el duro y eres tan frágil… Es como si todo el tiempo cantaras «Help, I need somebody». Vete, que me dan ganas de protegerte y nos vamos a complicar.

Nos besamos y me fui. Tampoco yo quería complicaciones. Nunca volví a casa de Alina. Se fue con la Cusa, Archie, el hijo y el maricón serio, en una balsa, en el verano del 94.

Archie me escribió hace poco de Miami. Visita a Alina a menudo. Se emborrachan y leen poemas. Le pregunta por mí. Dice que se acuerda de mí siempre que oye a los Beatles… Yeah, yeah. Sólo que a veces trueca nombres, caras y cuerpos

y me confunde con Ernesto. La Cusa no se pone brava. Ella
siempre la comprende.

Arroyo Naranjo, 2007

Charangón es feliz aquí

Cada tarde, al terminar su jornada laboral, se sienta en un contén a revisar el botín del día. Hace el recuento de lo que la vida y su empeño le regalan. Hoy por ejemplo se fue con

—Dos bolsas de pan viejo (para las gallinas y para rallar);

—Una pechuga y un muslo de pollo (para la cena) no muy descompuestos;

—Varios huesos para el perro;

—Un par de mocasines despegados, un calzoncillo sin mucho uso y una toalla, sólo hay que lavarlos bien;

—Un vaso plástico y dos botellas, también plásticas, vacías;

—Cuatro libros: *Fidel y la religión*, *Poema pedagógico* de Makarenko, el tomo II de las *Obras Completas* de Lenin y *Elogio de la locura* de Erasmo de Rotterdam;

—La mitad de un jabón de lavar de uso;

—Un par de calcetines de lana, no muy agujereados;

—Una bota rusa del pie derecho, por si un día aparece su acompañante;

—Varios periódicos *Granma* del mes pasado (el papel sanitario es muy caro);

—Un socket con un tramo de cable;

—Un cuchillo no muy oxidado sin cabo;

—Un pedazo de vela para el apagón;

—Un mocho de lápiz y una libreta escolar con algunas hojas en blanco;

—Una camiseta roja algo manchada que proclama en letras blancas: ¡Comandante en jefe, ordene!

Hoy fue un día provechoso, no podría quejarse de su suerte.

Con su raída y atestada mochila al hombro y con sus jabas, aborda la carreta que lo deja en la parada del M6. Mientras espera por el piafante camello, canta, a voz en cuello, «Niebla del Riachuelo». Repite: «aferrado al recuerdo, yo sigo esperando…».

Aspira a vivir más de cien años. Lo cree debido a que «la calidad de vida en Cuba es cada día mayor».

Lo apodan Charangón. Tal vez por su estrafalario modo de vestir. O quizás por la algarabía que forma al hablar.

Siempre está contento y nunca tiene quejas.

Se viste para sentirse bien y no para lucirle a nadie.

Luce una raída chaqueta safari, camiseta de malla amarilla fosforescente, un jean con parches en las rodillas, dos tallas mayor, sujeto con un cinto verdeolivo. Unos tennis Nike recuperados de un basurero y cosidos por él mismo con alambre fino. Lleva a la muñeca un veterano reloj ruso Poljot, que lo acompañó a las Zafras del Pueblo. Y cubre su cabeza rapada con una gorra roja del Contingente XX Aniversario del Desembarco del Granma.

Después de irse del ejército, trabajó varios años como bodeguero en Centro Habana. Cuando arreció el Período Especial «por culpa de Gorbachov», pidió su jubilación. No podía lidiar con las quejas de un público para el que no tenía respuestas.

También entregó «por problemas personales» el carné del Partido. Se lo habían dado en 1966. Las reuniones de su núcleo de militantes, todos jubilados, lo agobiaban. Todo era chisme y chivatería. No era el Partido que él conocía.

Pasa los domingos en casa, bebiendo ron del malo, el único asequible a su bolsillo, apagando y encendiendo un tabaco. Si no hay apagón oye música en una maltrecha radiograbadora rusa, premio de la emulación en 1981. Oye incansable los boleros de Tejedor, Pacho Alonso, Contreras, pero sobre todo, lo máximo, al Benny: «y cuando tus labios besé, conocí la paz…»

Es santiaguero, pero vive en La Habana desde 1959. Vino con el Ejército Rebelde. De Santiago ya no le queda ni el acento.

Estuvo en la Sección Política de las FAR hasta hace poco más de veinte años. Llegó a teniente coronel. Nadie pudo convencerlo para que no renunciara. Después de rodar por unidades militares de todo el país, se cansó sin remedio de la vida en el ejército. Era un mundo que conocía bien. Demasiado bien. Para él, algunos de los más altos jefes de las FAR son sólo diminutivos y apodos. Con ellos compartió borracheras y comelatas. A más de uno de ellos, alguna vez, en alguna discusión, por esto o por lo otro, lo mandó para el carajo o más lejos, a casa de la pinga. Y no pasó nada. O casi nada.

Una de las cosas que lo convencieron de que la disciplina militar no se hizo para él fue el destino de muchos de sus amigos.

¿Quién iba a imaginarse, cuando se comían el venado en Managua y pedían «otro traguito ahora, cantinerito, que estoy contento», cuál sería el fin del Gordo?

El venado lo robaron del centro de recría del Comandante Guillermo García. Había motivos para celebrar, lo que no tenían con qué. El ron abre el apetito. El Gordo negó su culpabilidad ante el Ministro. «Los generales no mienten», sentenció severo el Número Dos. Y el Gordo murió en Angola, con el corazón destrozado por un infarto y sin saber si había reparado su falta.

Charangón necesitaba rehacer su vida familiar. El ejército le impidió dedicarle tiempo. La crianza de sus hijos se le fue de las manos. No pudo estar con los muchachos cuando más lo necesitaban. Una vez tuvo que sacar al mayor de la unidad del Capri. Lo querían tirar para reeducación de menores. Lo agarraron en Miramar, metido en el patio de Dorticós.

Poco después de licenciarse de las FAR, se divorció. Perdió la casa que le dio el Ministro como regalo de boda.

Cuando conoció a su actual mujer, era una negrona muy retocada, contenta y bailadora. Sandunguera, se meneaba como nadie, «por encima del nivel». Era viuda, el único problema era que vivía con dos hijos adolescentes. Hoy, ellos y sus hijos, ahora sus nietos, lo adoran. Vuelca en ellos la atención que no pudo dedicar a los suyos.

Su mujer tiene sus majaderías. Le preocupa la salud de Charangón. Es asmático y padece diarreas frecuentes. Según ella, por la metralla que come. Quiere que deje el tabaco y la bebida, pero es inútil, él no tiene otros alicientes.

Tampoco quiere que trabaje pero no hay caso, Charangón responde que el ejercicio es necesario a su edad. La vida está muy cara y el dinero de la jubilación no alcanza para nada. Todavía se siente fuerte para trabajar.

Desde que se jubiló, trabaja por contratación en Servicios Comunales. El trabajo es duro, pero para Charangón nada es difícil, porque «donde nace un comunista mueren las dificultades».

Su trabajo tiene sus ventajas. Siempre algo aparece. Todo sirve. Lo que aparezca, va para el jolongo. Si todos fueran como él, no andarían con tantas quejas. Hay que ver el Noticiero y la Mesa Redonda para ver como viven en otros países.

Su fidelidad al Comandante sigue inalterable. Para Charangón, su palabra, como siempre, sigue siendo ley, suprema e inobjetable. Le asusta pensar que pasará el día que no esté.

Charangón piensa que se cometen errores. Él vive en Cuba. Está convencido que Fidel no sabe la mitad de las cosas que pasan, que lo rodea mucha gente incompetente y corrupta que lo engaña. Ellos son los que tienen esto así.

Pero con quejarse no se resuelve nada. Aquí lo que hay es que «echar palante».

Mañana empezará otro día de trabajo. Se dispone a entrarle con todo su entusiasmo. «¡Ya estamos en combate!», volverá a gritar cuando alce la tapa del primer contenedor de basura de la mañana. A fin de cuentas él no tiene quejas, Charangón es feliz aquí.

2006

Claudio

> Da angustia el vivir de un con-
> sumado amor.
>
> Pier Paolo Passolini

Cuando llegué a mi casa todo me daba vueltas. Era el segundo día del año 1995. Venía de casa de El Majadero. Estaba borracho desde hacía dos días. No porque hubiera algo especial que celebrar o esperar del nuevo año. Precisamente por eso. No había más nada que hacer. Sólo emborracharse.

Me había divorciado hacía unos meses. Era el único que estaba solo. Los demás amigos estaban con sus mujeres, tan en nota como nosotros. La pasamos bien. Hacía meses no nos reuníamos todos los amigos. Los pocos que quedábamos en Cuba, quiero decir.

Sólo faltaba Claudio. Llevaba un mes ingresado por su problema del corazón, pero estaba mejorando. A la semana del ingreso, se arrancó los tubos y las mangueras y trató de escaparse del hospital. Gritó que se quería morir. Estuvo muy mal. Pero ya había pasado la gravedad. Los médicos le dieron permiso para que pasara el 31 de diciembre en su casa.

Terminamos la fiesta haciéndole coro a un marinero ucraniano. Bailaba como un oso en el centro de la sala. Cantaba estentóreo, en su español de Saturno y Centro Habana: «dale a tu cuerpo alegría y gozadera, ay Macarena…». Al ucraniano lo había traído una jinetera de Mayarí Arriba. El Majadero le tenía alquilada una habitación. Los salarios de ingenieros de él y su esposa no alcanzaban para llegar a fin de mes.

Me fui cuando me convencí que no me iba a poder templar a la jinetera. No tenía dinero y el ucraniano no se le despegaba.

Aparte de que lo confundieran con un ruso, lo que más le preocupaba era que le tumbaran a la puta.

Cuando llegué a mi casa, hallé el papel debajo de la puerta. Claudio había muerto. Volvió a beber. Le dio un paro. Nada se pudo hacer. Llegó muerto al hospital. Lo enterraban a las 9 de la mañana.

No atiné a nada. No sé si lloré. No me acuerdo. Estaba demasiado borracho. Mi cabeza parecía estallar. Así no podía ir a la funeraria. Tampoco avisar a los demás. Me tiré en la cama. Necesitaba dormir un par de horas. No lo conseguí. Me levanté antes de las siete y me fui para el cementerio. Las guaguas estaban malas y no quería llegar tarde al entierro.

Fue sólo en la parada que empecé a pensar en Claudio en términos de difunto, en pasado. Dolía, y vaya si dolía, pero su muerte no parecía algo para asombrarse demasiado.

Morir no debe haber sido un problema serio para Claudio. Nada lo era. O cualquier cosa podía serlo. Depende de lo que se entienda por serio. Para él, todo importaba, pero a nada le daba demasiada importancia. Sólo al amor y los amigos. Lo demás podía esperar. Hasta la muerte. Siempre estaba al alcance de la mano. Sólo había que agarrarla cuando hiciera falta. O cuando le diera la gana. Nadar hacia el horizonte, con brazadas largas, la vista en el azul, olvidado de la costa, hasta que las fuerzas te abandonen y dejarte ir. Saltar al medio del Túnel de Línea a torear las luces de los carros con un pañuelo en la mano y cantando que la vida es un cabaret, y el amor, una cosa esplendorosa. O beber hasta reventar y olvidarse de los médicos y de que su corazón no paraba de crecer...

Claudio era un híbrido de hippie y caballero del siglo XIX. A mitad de camino entre un vals vienés y mayo del 68. Arrullado por Chopin, Silvio, el Benny, Nat King Cole, los Beatles y la trompeta de Satchmo. Imbuido de Sartre, Neruda, Marcuse y

Castañeda. Demasiado romántico para la vida de mierda que nos tocó.

Me jode que una vez le pegué. Duro, hasta tumbarlo. Tuve que hacerlo. Se puso impertinente en una fiesta en mi casa. Solía ponerse pesado, pero siempre lo perdonábamos.

Aquella noche estaba muy borracho y se deprimió porque estaba solo. Karina se había vuelto a perder. Paró la música. Botó a todos. Quiso pelar al Kinde con un cuchillo. Se quiso templar a la China de Omar. Saltar por el balcón porque nadie lo quería. Rodamos a piñazos por la escalera. Terminamos abrazados, sangrando por la boca y la nariz, en el primer descanso. Ya todos se habían ido. Claudio se había desmayado, no sé si por los golpes o la borrachera. A rastras lo llevé hasta la cama y lo acosté. Yo me tiré en el sofá. Me dormí oyendo a B. B King. Claudio me despertó al amanecer para pedir café. Tenía asma y preguntaba qué coño había pasado anoche.

Nada de lo que pasara podía ser peor para él que la muerte de su padre. Siempre culpaba a su mamá por engañarlo con otro. El viejo los sorprendió y los persiguió por el barrio con un cuchillo. Los vecinos tuvieron que aguantarlo para que no los matara. Luego, recogió sus cosas y se fue de la casa. Murió del corazón, literalmente, menos de dos años después, el día que Claudio cumplió los dieciséis años.

El otro tipo se quedó viviendo con su madre en la casa. Se esforzó en vano por ser un buen padrastro hasta que se volvió loco un par de años después. Se convirtió en una sombra que venía tarde en la noche, sólo a dormir. Así estuvo años, sin hablar con nadie y sin que nadie le hablara, hasta que faltó una noche y ya no vino más. No se supo más de él. Nadie se tomó el trabajo de averiguar.

La mamá de Claudio decía que era por un polvazo que le habían echado. Siempre le envidiaron su cuerpo y su belleza. Hasta que la vieron jodida. Ya no era ni la sombra de la mujerona que un día fue. No volvió a tener marido. Se dedicó por completo a sus hijos, pero en su casa no volvió a haber paz. Claudio siempre se lo reprochaba. Hasta con la vista. Cuando no le decía nada, era todavía peor.

Su único consuelo era su hija. Una muchacha linda, inteligente y dulce. Claudio la adoraba y aunque era sólo tres o cuatro años mayor, se empeñó en ser el padre que le faltaba. Lo hacía con demasiado celo. Tanto que un día lanzó a un novio por la escalera. El tipo se fracturó un brazo. Ningún novio le parecía lo suficientemente bueno para su hermana.

Pero ella lo adoraba y lo seguía en cada nueva empresa, desde hacer lámparas *art noveau* con cristales de colores recogidos por la calle para vender en la Plaza de la Catedral hasta el negocio de antigüedades, pasando por el budismo zen, el existencialismo de Sartre o el teatro del absurdo de Ionesco.

Juntos convirtieron en un jardín la azotea que franqueaba el paso a su ruinosa casa. Allí se celebraron algunas de las más memorables fiestas del grupo antes que los amigos empezaran a largarse del país como si huyeran del infierno. Uno la pasaba bien y se sentía en familia hasta que Claudio sobrepasaba el límite de alcohol que podía soportar y llegaba el momento de batirse en retirada.

El alcohol era siempre el motivo de ruptura con sus novias, *casus belli*. Novias tuvo muchas. Era un tipo que le gustaba a las mujeres, una mezcla de John Lennon y Che Guevara. Convencía a cualquiera si lo dejaban hablar. Caían atontadas en sus brazos y luego en su cama, si no había nadie en casa. La madre decía que su casa no era un bayú. En esos casos, aparecía por mi casa con la novia de turno. A cualquier hora, preferiblemente de madrugada. A veces con alguna amiga «para que me hiciera la media». Ellos en un cuarto y nosotros (o yo solo) en el sofá de la sala. O viceversa.

Hasta que me casé. Entonces no tuvo más remedio que enfrentar a su madre y gritarle que la que convirtió la casa en un bayú fue ella cuando traicionó al viejo. Desde entonces, se acostó en su casa con todas sus novias. Las únicas condiciones eran esperar que su madre y su hermana se hubieran acostado y que la chica se hubiera ido antes que se levantaran.

Claudio estuvo de acuerdo. No quería comprometerse en serio. Con ninguna muchacha duraba más de unos meses. La casa era muy pequeña y él no tenía un ingreso estable de dinero. Además, disfrutaba ser libre y joder sin tener que dar cuentas a alguien.

Eso fue hasta que conoció a Karina. Aquella mujer era pura sensualidad. Bastaba mirarla a los ojos y oírla hablar. Ni que decir de cómo caminaba. Era como si todos los machos tuvieran por obligación que arrastrarse a sus pies. Tenía treinta años, era camagüeyana y llevaba dos en La Habana, justo los años que llevaba divorciada.

La conoció justo después del enredo con la vecina viuda. Al marido se lo habían matado en Angola. La mujer se encaprichó con Claudio y cuando la botó, además de amenazarlo con darle candela y «echarle el ánima sola», le hizo un trabajo de santería para que no se le parara con más ninguna mujer.

Con Karina no valía la brujería. Con ella, hasta a un cadáver se le paraba. Y Claudio se enamoró como nunca lo habíamos visto enamorarse. Bebía menos y no se despegaba de ella. La llevaba para la casa y se acostaban a hacer el amor a cualquier hora. En la cama, Karina no hacía esfuerzos por contener sus gritos y sus jadeos de fiera. Se oían en toda la casa y más allá. Tal vez por eso a la madre le cayó mal desde el principio. O sería por el hecho de que Karina llegó con aires de que sólo ella podría arreglar los problemas de la familia y devolver la paz a la casa. Se dio por vencida cuando sintió tanto rechazo.

Sólo le importaba templarse a Claudio. Lo demás, se podía ir todo al carajo.

Así estuvieron varios años. Cuatro o cinco. Entonces, empezaron las discusiones. Karina empezó a exigir y a quejarse. Le dijo que no le veía futuro a la relación. Que nunca podrían vivir juntos. Que ella quería tener hijos. Claudio le prometió que bebería menos para ahorrar dinero y levantar otro cuarto en la azotea. Que vivirían juntos y tendrían muchos hijos.

Karina empezó a desaparecer por días. Decía que tenía mucho trabajo. Claudio empezó a sospechar que estaba con otro tipo. Me lo confesó en su azotea una noche que ella no vino. Le dijo por teléfono que no fuera a su casa, que estaba muy cansada y se quería acostar temprano.

A mí también mi mujer me había dejado. Pero no pude desahogarme con Claudio. Apenas me dejó hablar con sus malas noticias. El médico le había dicho que estaba peor del problema del corazón. Que tendría que dejar el cigarro y sobre todo, la bebida. Y Claudio, que no iba a dejar ni pinga. Y que las mujeres eran todas unas putas. Y los del gobierno, unos singaos. Era mejor morirse pal carajo que vivir así. Terminamos la noche borrachos y plenamente de acuerdo en todo. Como casi siempre, pero nunca con tantos motivos.

Para colmo, por esos días murió Paret. Era un pintor amigo suyo que le daba mucho ánimo. No sé como se las arreglaba para dar ánimo a nadie, porque su vida daba grima.

A los cincuenta años, su mujer descubrió que era homosexual. Lo encontró en su estudio, jadeando, con los pantalones bajos, en cuatro patas y con los ojos en blanco, ensartado por la pinga descomunal de un adolescente negro que le servía de modelo para un cuadro. La mujer le pidió el divorcio. Tuvo que permutar la casona en la loma de Chaple por un apartamento en Alamar y un cuarto en un solar de la calzada de 10 de Octubre. A Paret le correspondió el cuarto. Sus hijos no lo visitaron más.

Además de los efebos de ébano y chocolate, Paret se dedicó a pintar vírgenes, a modo de iconos eslavos, en trozos de madera chamuscada. Con la ayuda de Claudio, los vendía a turistas extranjeros por la Habana Vieja. Las noches de sábado organizaba tertulias de poetas y escritores en su cuarto. Discurrieron bien hasta que a la Seguridad del Estado se le hicieron sospechosas.

Empezaron a infiltrarle agentes en las tertulias y a averiguar a qué extranjeros vendía sus cuadros. Paret empezó a tener toda clase de problemas.

El más grave, el último, fue con su amigo Carlos. Le trajo un Sorolla para que lo vendiera y repartirse el dinero. A la semana, vino a reclamar el cuadro o los dólares. Cuando Paret le devolvió el lienzo porque no había podido venderlo, Carlos gritó que era falso, que se lo habían cambiado. Luego de caerle a patadas, descolgó un sable toledano del siglo XVII, se lo puso en el cuello y le dijo que si no aparecía el original, lo abría como a un puerco. Los vecinos del solar llamaron a la policía. Los dos hombres fueron a parar a la unidad. A Paret le pusieron una multa, luego de dos días en el calabozo. A Carlos lo dejaron ir. Antes de irse, le reiteró que lo mataría. No tuvo tiempo de cumplir su amenaza. A Paret lo mató una apoplejía, 24 horas después de salir de la unidad de Acosta.

La muerte de Paret afectó mucho a Claudio. Iba al cementerio y ponía flores a su tumba y a la del viejo. Juraba que los mármoles de ambas siempre rezumaban humedad. Como si lloraran. Decía que eso pasaba con los muertos que no eran felices. Se habían quedado a medias. Los traicionaron. No les alcanzó la vida para lograr lo que querían. Repetía que a él no podría pasarle eso, porque siempre tendría a Karina. Tenerla siempre era todo lo que quería.

Pero con Karina, las cosas iban de mal en peor. Cada vez discutían más y se veían menos. Hasta que se pelearon la primera vez. La muchacha volvió a los pocos días. Claudio le prometió que ahora sí iba a construir el cuarto en la azotea.

Me pidió ayuda para conseguir los ladrillos. Los sacamos, casi todos partidos, compitiendo con otros saqueadores de escombros, de una casa derrumbada en Santos Suárez. Los cargamos en un vagón, viaje tras viaje. Ocho en total. Había que cargarlos por la empinada escalera para amontonarlos en la azotea, junto a la arena que había ido robando de una construcción vecina.

Era a mediados de mayo. Hacía un calor de horno. Parecía que el sol nos iba a convertir en charcos de sudor. A Claudio empezó a faltarle el aire. No era el asma. Hubo que llevarlo al hospital. El médico dijo que estaba muy mal. El esfuerzo físico que había hecho era un disparate suicida. Le reiteró que tenía que dejar el alcohol y los cigarros.

Ni modo. Claudio siguió fumando y bebiendo. Karina ya no peleaba por la bebida. A veces, le traía alcohol para tenerlo contento. Para que se entretuviera las noches que no venía a acostarse con él.

Fue entonces que se pelearon por segunda vez. Karina le dijo que no volvería. Que la dejara tranquila, que la relación ya no daba más y que ella estaba enamorada de otro.

Claudio me lo contó un domingo por la mañana. Lloró contándolo y no le dio pena. Estaba desesperado. Si no se desahogaba, iba a reventar. En su casa le decían que Karina no servía, que se alegrara de haber salido de ella. Yo era su hermano y lo tenía que entender. Me fue a buscar para que lo acompañara a resolver un problema. Ya en la calle me dijo que iba a ver a un palero para que Karina volviera con él.

Fuimos caminando, atravesando Santos Suárez, de La Víbora hasta el Cerro. No pasaban guaguas. Era agosto y hacía un calor infernal. El primer grupo lo vimos en Santa Catalina. Gentes con tablones, tanques de acero, gomas de camiones. Todo lo que sirviera para hacer una balsa y lanzarse al mar. Hablando a gritos. Buscando un camión que los llevara a alguna playa. A cualquiera. Como si de repente, todos se hubieran vuelto locos por largarse y no tuvieran que ocultarlo más de chivatos y policías.

Claudio no hacía comentarios. La Habana, el gobierno, el mundo, se podían caer en pedazos, a él sólo le importaba que volviera Karina.

Casi nos arrolla un patrullero al cruzar la Vía Blanca. Llevaban a dos negros esposados en el asiento trasero.

El palero vivía en una loma, al borde de la avenida, en una casa a medio levantar. Un sendero entre la hierba subía hasta la puerta. El tipo estaba sentado en una piedra junto a la casa, viendo pastar a dos chivos. Era un mulato de mediana estatura, de unos sesenta años. No me gustó su mirada. Parecía desconfiar de todos. No nos tendió la mano hasta que Claudio no le dijo que venía de parte de Lázaro El Bizco. Entonces lo pasó a un cobertizo de madera al fondo de la casa. Lo esperé sentado en la piedra, mirando el tráfico de la Vía Blanca.

Demoraron poco más de media hora. Cuando salieron, Claudio chorreaba sudor, tenía los ojos aguados, algo envuelto en un periódico y una mancha oscura en la frente. El mulato estaba muy serio. Más serio que cuando llegamos. Alcancé a oír cuando le decía a Claudio:

—Yo no te lo aconsejo. Tú estás muy jodido. Te estás jugando la vida. Ninguna mujer lo vale. Piénsalo bien. Si te decides, vuelve el viernes a las doce del día.

Claudio me contó que el Tata tenía un caldero con prenda judía y que trabajaba con pólvora y huesos de muerto. Sus trabajos nunca fallaban. Karina volvería, sólo que por poco tiempo. El que le quedara a Claudio de vida. Porque él moriría pronto, me dijo, y trató de explicarme no sé qué pinga acerca del karma y la energía vital. Me asombró oír a un tipo inteligente como Claudio hablar esa cantidad de mierda. Se molestó conmigo y me dijo que no me metiera, ni menos hablara de lo que no sabía ni cojones. Me callé y lo tomé como otra de sus locuras.

Karina volvió una tarde lluviosa, en octubre. Le dijo que lo extrañaba, que no podía vivir sin él. Claudio la esperaba. Sabía que volvería. No le hizo preguntas ni le pidió explicaciones. Se emborracharon e hicieron el amor. Ella no se quedó a dormir. Dijo que tenía que regresar temprano a su casa. Su marido era muy celoso.

Siguió apareciendo dos o tres veces a la semana, pero ya no hacían el amor como antes. Los gritos de Karina ya no se oían. Sólo se oía la tos de Claudio. Cada vez le faltaba más el aire y se sentía peor. Hasta que tuvieron que ingresarlo.

La idea de comprar una botella para celebrar el fin de año fue de Karina. Le costó un escándalo de la madre y la hermana de Claudio. Le dijeron que era una puta y que lo que quería era matarlo. Él las mandó a callar y les gritó que ese era su problema, y que si le volvían a decir algo a su mujer, las iba a descojonar a las dos…

Llegué tarde al entierro. Las guaguas no pasaban. Acababan de bajar el ataúd y ya se retiraba la gente. Karina no estaba. Dicen que lo besó en la caja antes que pusieran la tapa. Luego, salió de la funeraria sin mirar atrás y no regresó más.

Cuando se fueron todos, traté de rezar un Padre Nuestro. No me podía concentrar. Hacía años no rezaba. Luego, encendí un cigarro y me senté a fumar en una esquina del panteón. Apoyé mi mano en el mármol y comprobé aliviado que estaba seco. Como el de los muertos que son felices porque, antes de irse de este mundo mierdero, lograron lo que más ansiaban.

Arroyo Naranjo, 2007

El día de Tomás

A Tomás lo delataron las moscas y la peste. Lo encontraron dos policías, el presidente del CDR, el responsable de vigilancia y un vecino. Tuvieron que tumbar la puerta a patadas.

Su cadáver, desnudo, violáceo e hinchado, colgaba de una viga del techo.

Cuando lo descolgaron, tenía la lengua afuera, los ojos abiertos con desmesura y una erección. El forense dijo que llevaba muerto más de 48 horas.

Él, que siempre fue tan serio, parecía estarse burlando de nosotros. Yo fui el que avisó a la policía. Aquello se llenó de gente. Tremendo mal rato. El tipo imponía. Me pasé tres días sin probar un bocado. La peste no se me quitaba de la nariz. Últimamente se le veía poco. Creo que trabajaba un día entero y descansaba dos. A cada rato venía borracho pero no se metía con nadie. Se encerraba en su casa. No era un tipo de líos. No era muy combativo, había que caerle atrás para que participara en las actividades, pero pagaba el comité y hacía las guardias… Sí, claro que era revolucionario. Fue internacionalista en Angola. Yo mismo hice el informe cuando vinieron a verificarlo para trabajar como CVP. No, no dejó ninguna carta. ¡Fue del carajo! Que yo sepa, no estaba enfermo ni tenía problemas. No sé, tuvo que volverse loco para hacer una cosa así…

Si Tomás no se hubiera suicidado, de todos modos habría muerto de aburrimiento y soledad. La tristeza había dictado sentencia.

Cuando llegó el forense, reparó que en la casa había sólo dos bombillas incandescentes de luz mortecina. Una en el cuarto y otra en la cocina. Recostado a uno de los puntales de la sala había una bicicleta china. Amontonados junto a la puerta del baño, un pantalón caqui y una camiseta azul. Una botella plástica de agua, varias vacías de ron y un plato con restos de arroz y frijoles, invadido por columnas de hormigas, permanecían sobre la mesa. Desde un desteñido cartel turístico en la pared que proclamaba que Cuba es un eterno verano, una mulata en bikini le sonreía al sol de Varadero.

No se me va su imagen de la cabeza. Y eso que no quise verlo muerto. Hasta me siento un poco culpable. Todo pudo ser distinto. No sé. Siempre he sido media comemierda. No sé como pudo hacerlo. Estaba muy flaco y envejecido. Pero era un cuarentón que cuando se afeitaba y se vestía, no lucía mal. Yo lo cogí en sus buenos tiempos. Era un trigueñón de ojos claros para respetar. Antes de irse para Angola, me estaba fajando. El tipo me caía bien, pero yo estaba casada. Cuando volvió de la guerra, tuvo que dejar a su mujer. Le pegó los tarros con un amigo. Yo me había divorciado ya. Salimos un par de veces antes de acostarnos. La primera vez que lo hicimos fue en su casa. No se le paró. Le dije que no se preocupara, que eso era por culpa de los nervios, que era porque yo le gustaba demasiado, que ya se le pasaría. Así fue. Después, era una fiera en la cama. Quería singar a toda hora. Tuve que dejarlo porque no quería estabilizarse. A mí me gustaba mucho, pa'que te voy a decir otra cosa, pero mis hijos estaban chiquiticos y la vida estaba muy difícil para andar por ahí templando por amor al arte. Yo necesitaba un hombre para la casa, que mantuviera a mis hijos. Él no estaba para eso. Cogió trauma con las mujeres. Creía que todas querían cogerle la casa. Que le iban a pegar los tarros. Le dio por las putas y la bebida. ¡Con el hambre que pasaba! ¡Figúrate, un hombre sin mujer no es nada! Mira el final que tuvo, el pobre. La última vez que lo vi fue en la cola para comprar los huevos. Casi no hablamos. Lo vi muy mal, pero nunca pensé que llegaría a esto.

Tomás vivía solo. Su casa estaba apuntalada y sin pintar. Los cristales de las ventanas estaban rotos. Escombros y botellas vacías se amontonaban en una esquina del portal.

En su vida no había sorpresas ni menos oportunidades. No tenía siquiera la contrariedad de un altercado conyugal. Se divorció en 1988. Cuando volvió de Angola, una tarjeta amarilla, celosa de la moral de los militantes del Partido, le avisó que su esposa le era infiel. Fue entonces que perdió la mujer, el amigo y el carnet del Partido.

Fue una mala racha que duró demasiado tiempo. Vino de la guerra con los nervios jodidos y mira lo que se encontró. Después vino lo de que lo tronaron en el trabajo. Le echaron la culpa de algo que salió mal. Él no tuvo que ver con lo del desvío de materiales. Pero quisieron complicarlo. Tomás no aguantaba mucha mariconá. En una reunión se empingó y tiró el carnet. No tuvo problemas mayores porque todos sabían que andaba trastornado por lo de la guerra y el divorcio. Se pasó una tonga de años trabajando en la construcción. Nadie le tiró una mano. Venía casi todas las noches. A veces cogíamos unas borracheras que aquello era del carajo. Tuvo que aguantar la curda porque las manos le temblaban mucho. No volvió a casarse. Decía que el período especial no era un buen momento para tener mujer. Era más barato pagar una puta que mantener una mujer. Creo que es verdad. Llevaba como dos años trabajando de custodio de un almacén. Ganaba 225 pesos. Le iban a aumentar el salario. No creo que le alcanzara para pagar muchas putas. Nunca dejó el alcohol, pero tomaba menos. El pobre, ¡la que pasó fue de pinga! Ya descansó. Siempre fui su socio. Desde que éramos muchachos. En las buenas y en las malas. Nunca le di la espalda. Es el único consuelo que me queda.

Su única familia era su hijo. Cuando Tomás se divorció, el niño tenía 11 años. Le costó trabajo adaptarse a vivir sin él. Tommy debe andar ahora por los 26 años. Se fue en una balsa en el verano de 1994. Tomás recibió una foto y un par de cartas desde Hialeah. Le contaba que pensaba mudarse a Atlanta. Luego no escribió más.

Yo estaba templando con él desde antes de cumplir los quince. Ahora tengo dieciocho. En mi casa no sabían nada. No, él no fue el que me partió el culo. Al principio, me miraba mucho, se metía conmigo y se amasaba los huevos. Un día me ofreció diez pesos para que se la mamara y le hiciera una paja. Un día me calentó tanto que dejé que me la metiera. Me daba unas mamadas que me volvía loca. Empezó a darme 20 pesos. Era enfermo a la tortilla. Cuando traía a alguna amiga mía y hacíamos un cuadro, pagaba un poco más. Aparte de todo, era mi socio. La última vez que fui, estaba pasmado. Yo me lo hubiera echado igual, pero me dijo que no tenía ganas. Cuando me enteré que se ahorcó, me dio mucha lástima, pero nada, como dice un maricón amiguito mío, el show debe continuar. No veía a Tomás hacía meses. Este barrio se ha puesto malo. Ya no lucho por aquí...

La autopsia reveló que, además de que murió por asfixia, tenía los pulmones ennegrecidos por la nicotina.

La había cogido con decir que no se ahorcaba porque no tenía timbales para hacerlo. Estaba cansado de todo. Un día me asustó. Me dijo que estaba ya hasta los cojones de pasar hambre, montar en camellos llenos de gente, de las colas, los apagones, las Mesas Redondas y el noticiero, los chivatones, el bloqueo y las orientaciones del partido. Pensé que era borrachera suya porque él nunca hablaba de política. Yo le cambié la conversación. Uno nunca sabe quien te puede estar oyendo… Fue entonces que me confesó que ya no se le paraba. ¡Que coño se le iba a parar con el hambre que pasaba y las borracheras con chispa de tren que cogía!

Tomás era intachable en su trabajo. Siempre llegaba puntual. No tenía ausencias. Participaba en las actividades políticas y en los trabajos voluntarios. Su única y última falta fue robar, para ahorcarse, una soga del almacén que custodiaba en turnos alternos de 7 de la noche a 7 de la mañana.

Un jueves, después de almuerzo, decidió que sería su último día. No valía la pena seguir aplazando la cosa. Desnudo en la puerta del baño tomó la determinación. Abrió y cerró la ducha. Hoy tampoco había agua. Entonces, buscó la soga en el armario de la cocina.

Cuando zafaron el nudo y lo descolgaron de la viga, Tomás sacaba la lengua enorme y amoratada. Mostraba orondo su verga erecta a los dos policías, el presidente del CDR y el responsable de vigilancia. Como si les jugara una broma final en venganza por tanta mierda.

Fue el día más importante y divertido de sus cuarenta y ocho años de vida.

2005

Elena rompe el cerco

Elena se sentía rodeada de caníbales. Vivía en Santos Suárez tan en peligro como si hubiera saltado en un paracaídas, sola y sin armas, al interior de la jungla.

La casa donde nació hace 62 años era una plaza sitiada. Corría todo tipo de peligros. Todos sabían de su situación. Que era viuda y vivía sola en una casa de cuatro habitaciones. Que su hijo era pintor, vivía en México y le enviaba dólares.

En el barrio quedan pocas familias viejas. La mayoría se mudaron, murieron o se fueron del país. Los sustituyeron vecinos ruidosos, maleducados, entrometidos y de pésimos hábitos higiénicos. Desde entonces todos la envidian y la espían.

La tranquilidad de Elena es perturbada a diario por música a todo volumen, ladridos de perros, gruñidos de cerdos, martillazos, riñas conyugales, pregones de vendedores y palabrotas de connotaciones fálicas y escatológicas.

Todos en una perenne competencia por gritar y hacer ruidos, como si el único sentido de sus vidas fuera molestar al prójimo.

Cuando alguna vez Elena intentó protestar tímidamente, sus vecinos la insultaron con una variada gama de epítetos:

–Amargada.

–Burguesona.

–Tú lo que estás es falta de marido.

–Vieja de mierda.

El jardín lo dio por perdido. Empezaron por robarle las flores. Luego, el seto empezó a clarear. La hierba empezó a crecer, incontrolable. La nutría el agua que caía de la azotea cuando los vecinos de los altos limpiaban el corral de los puercos. Entre la maleza se acumulaba la basura que arrojaban los vecinos por las ventanas.

Además, hace años que renunció a sentarse en el portal. No soporta los gritos de los niños ni el escándalo de los borrachos que se sientan en el muro, las espaldas recostadas a la cerca. Por no hablar del peligro de las pedradas.

Elena vive asediada por los que suponen que ella tiene mucho dinero. Quieren buscarse unos dólares a cuenta suya. Tiene que rechazar los servicios de lavanderas, jardineros y cocineras. Les explica que no tiene dinero. Que lo que le envía su hijo, cada varios meses, es apenas lo suficiente para comprar jabón, aceite y un poco de comida. No le creen.

Cuando necesitó los servicios de electricistas y plomeros, le cobraron tarifas astronómicas que pagó con esfuerzo y resignación.

Rechazó propuestas matrimoniales de jovencitos, visitas de amigos que no recordaba y ofertas de permutas para Alamar o San Agustín. Han querido comprarle la casa. La mitad de ella, los muebles, los adornos de bronce o porcelana, la vajilla, cualquier objeto antiguo.

Rompió relaciones con su prima por aconsejarle que se mudara:

—Total, ¿para qué quieres tanta casa para ti sola?

Trató de explicarle las razones sentimentales que la atan a la casa de sus padres:

—Además, en un apartamento no habría espacio para mis libros y mis muebles.

—Oye, los vendes y le sacas dinero. ¿Para que quieres tantos libros? Oye, si no alquila a extranjeros, sácale dinero a esto. Qué va, una mujer sola con tanta casa. Verdad que dios le da barba al que no tiene quijá.

—Sí, pero a mi no me sobra casa. Ahora estoy sola, pero mi hijo, mi nuera y el niño vienen el año que viene, en las vacaciones.

—¿Y por qué no le dices que te saquen?

Eso la irritó más. Con fingida indignación, porque hace rato que su fervor no es el mismo, aclaró:

–Oye, no te equivoques que yo soy revolucionaria y militante del Partido desde 1966. Además, no quiero ser una carga para mi hijo. Ellos piensan regresar definitivamente cuando todo mejore...

–Ay, Elena, qué cuento es ese, no comas más mierda y múdate o vete para México...

–Oye, ni me mudo ni me voy porque no me da la gana, me entendiste, no me da la gana. Y dale, ¡andando!

Elena creía firmemente estar preparada para esperar la llegada de tiempos mejores. Luego que intentaron robarle (casi la mata el muchacho disfrazado de fumigador), invirtió sus ahorros en enrejar la puerta y las ventanas. Tras ellas, suspicaz y con un tubo siempre a mano, atiende severa a vendedores, compradores, emisarios y otros visitantes poco fiables.

Apenas sale de casa. Cada varios meses va al cine, a la primera tanda, o visita a alguna de sus pocas amigas, tan deprimida como ella. Siempre regresa antes de que oscurezca y se encierra tras rejas, cerrojos y candados.

La ahoga la soledad. No tiene ya ni siquiera la compañía de sus gatos. A Misha lo asaron los borrachos durante los fragores del Período Especial, una noche de apagón. A Yuri lo destrozaron los perros de pelea del patio colindante. A Negrito se lo robaron para un trabajo de brujería.

Elena empezó a ponerse de mal talante desde que encontró el cuerpo decapitado del gato negro, rodeado de plátanos y cintas rojas. Nadie imaginó que una mujer pacífica y educada pudiera tornarse en una amenaza para el barrio.

Tenía sus rarezas y no era muy sociable pero nadie se metía con ella ni ella se metía con nadie, opinan los vecinos. No entienden qué le pasó. Todavía comentan lo sucedido. Aventuran todo tipo de hipótesis:

—La pobre, se volvió loca p'al carajo...

—Yo creo que se le montó Shangó.

—Sabrá dios con qué ligó la droga, quien lo diría, tan fina...

Ocurrió un sábado. La luz volvió poco antes de las once. Volvieron a sonar los tambores en la fiesta de santo de María Regla. El matrimonio de la esquina entre insultos y amenazas inició una pelea.

—Ay, suéltame, Leonardo...

—¡Puta!, eso es para que respetes a los hombres...

—Suelta a mi mamá, singao...

—Suelta el machete, cojones...

—Ay, por tu madre, llamen a la patrulla...

Yumisleidy, competía con la grabadora, aullando, a ritmo de reggaeton: «ay, a mí me gustan los yumas»...

El carpintero de los altos daba los martillazos finales a la barbacoa que alojaría a sus primos de Niquero.

Los perros de pelea de Yaser ladraban a la noche, hambreados y aprensivos.

En el muro, recostados en la cerca, los borrachos discurrían filosóficos acerca de la hombría.

Fue entonces que una botella se estrelló contra la puerta de Elena.

Demudada, a medio vestir, Elena salió al portal como una tromba. De una zancada alcanzó la calle. Lanzó piedras y ladrillos en todas direcciones. Volaron los cristales de varias ventanas. Agarró la botella que abandonaron los borrachos en su huída y la lanzó contra la fiesta de santo de María Regla.

Como una posesa, gritó obscenidades antológicas y se levantó la bata:

—A mí me ronca la papaya, cojones, a mí hay que respetarme, repinga...

Esgrimiendo el pico de una botella, desafió:

—¡Oye, con cualquiera, esto conmigo es a morirse en una cuarta de tierra!

La policía acudió enseguida. Pensaron que era un motín contrarrevolucionario. Un Maleconazo sin agua. Tres agentes no lograron dominarla. Tuvieron que llamar a la Brigada Especial. A duras penas lograron montarla en un patrullero. De la unidad policial la enviaron al hospital psiquiátrico.

Dicen que pronto estará de alta. Que fue sólo exceso de stress. Con el tratamiento indicado por el médico, un poco de distracción, poniendo de su parte y con la solidaridad de los vecinos, pronto mejorará. Todo volverá a ser como antes.

Los vecinos temen que no sea así. Les aterra que el regreso de Elena afecte la paz habitual del barrio.

Arroyo Naranjo, septiembre 2006

Ella amaba a Salvatore

Me fui a vivir a casa de July el primer día del año 2000. Amanecí dándole consuelo en una funeraria. Nos despertaron de madrugada con la noticia. A la madre de July la había aplastado un camión.

Venía en bicicleta más borracha que de costumbre. Traía comida para July en una bolsa de nylon. Se la habían dado para su hija en la casa del pincho donde trabajaba. No como criada, a los pinchos no les gusta esa palabra. Le habían pedido que se quedara hasta después de la cena. Le pagarían unos fulas extra. De lo que sobrara, siempre se le pegaría algo. Casi tienen que tumbar la puerta para avisarnos. Si no llega a pasar lo que pasó, la vieja nos hubiera encontrado en cueros durmiendo la borrachera en su cama. Era la tercera o la cuarta vez que nos acostábamos. Siempre me iba antes que llegara, pero esa noche se nos fue la mano en el festejo. De todos modos sabíamos que llegaría de madrugada. Era tanta la curda que no entendimos lo que nos decían. Me asusté cuando vi al policía en la puerta.

–¡No, coño, por qué! –gritó July antes de desmayarse.

Cuando regresamos del cementerio, me pidió que me quedara a vivir con ella. Al menos hasta que llegara Salvatore.

–Bueno –le dije. Ella no sabía cuánto había esperado por ese ofrecimiento. Las cosas de la vida. Con lo que esa vieja me odiaba y fue ella la que me tiró el cabo.

–Nos va a ir bien. Tú verás…

Cuando conocí a July, me estaba quedando casi todas las noches en casa de Elena. Era una peluquera divorciada y cuarentona que se gastaba los pesos para tenerme como un príncipe. No estaba mal y era una loca en la cama. Pero yo tenía sólo veinte años. Aproveché su primer ataque de celos para gritarle que ya no me gustaba. Que era una vieja de mierda. Cuando quiso sujetarme, me zafé y la tiré contra el sofá. Me largué con un portazo que casi tumba el edificio.

July tenía diecisiete años, ojos azules, culo de negra y una cara de puta que mareaba. Al principio no quiso nada conmigo. Me dijo que lo suyo eran los yumas.

—¿Qué puede darme un cubano? ¿Dime?

—Pinga y sabrosura —le contesté—. ¿Pa qué más?

—¿Pa qué más? ¡Pa más miseria!

Seguí insistiendo, no me la podía quitar de la cabeza. Tenía que ser mía. La cuadré un sábado por la tarde. Ella estaba en baja y me le colé.

Un canadiense que le había prometido casarse con ella la dejó esperando. En su lugar apareció Salvatore. Era un italiano medio temba, casi calvo, que se veía muy bien. El tipo parecía un artista y presumía por aquello de la virilidad de los medio calvos. El tipo le ofreció casarse y llevársela. Hacía un tiempo había partido hacia Milán.

Ella ya había gastado todo el dinero que le dejó. La necesidad es mucha. No hay dinero que la remedie. Ella decía que Salvatore sería su salvación. Sólo tenía que esperar.

Aquel día me dijo que tenía ganas de descargar conmigo. Nos echamos una botella y fumamos del material del Wampa. Una marihuana estelar, nada de hierba de parque de Oriente. July se apartó el pelo de los ojos y me dijo:

—¡Dale! Si vamos a templar tiene que ser antes que llegue mi mamá del trabajo. Primero déjame aclararte dos cosas: La primera es que estoy enamorada de Salvatore, la segunda es que me lo hagas con delicadeza, con cariño. Sé bueno conmigo…

Así fue que nos empatamos. Sería sólo hasta que llegara Salvatore para la boda. A mí no me hacía falta más. Yo soy una hoja y no creía en Salvatore italiano. Cuando probara mi gozadera, ella decidiría. La cosa estaba pa mí. Yo lo sabía desde entonces. Ella estaba tan segura que Salvatore volvería que iba a dejar la lucha, me dijo, para vivir un romance conmigo. Pero cuando llegara el tipo, no podía haber majomía conmigo. Todo estaba claro.

Nunca trabajé tanto como los días que siguieron a la muerte de mi suegra. Cambié las tablas de las paredes que peor estaban. Tapé las goteras del techo. Limpié hierbas y escombros y además pinté. Desde que el viejo se fue, nadie le había pasado la mano a aquello. Además, levanté los corrales para empezar a criar puercos.

Tres meses después, July volvió a jinetear. Me convenció que hacía falta. Lo que yo luchaba no alcanzaba para vivir. Quería que me quitara de la venta de marihuana. Temía que terminara preso.

—Con el jineteo y los puercos, vamos a salir adelante —decía—. Levantaremos una casita de mampostería. Ya tú verás.

Casi siempre la acompañaba. La ayudaba a conseguir los puntos con un socio que trabajaba de carpeta en un hotel o con taxistas amigos míos. Gente que me compraba maní. Si había líos, yo estaba cerca para protegerla. Me adapté rápido. Los celos no eran lío. Me sentía seguro. July siempre decía que yo era un master en la cama. Que sólo me dejaba por Salvatore, y eso por lo que era.

Los extranjeros son muy raros. Lo menos que hacen es templar. A un alemán grande, gordo y colorao, lo que le gustaba era que le pegaran, le amasaran las nalgas, antes de meterle el dedo en el culo, ¡con uña y todo! Otro, un español, se pasaba horas hablando maravillas de Fidel hasta que ponía a otra gallega canosa y flaca que trabajaba con él a revolcarse con July y conmigo, mientras él se botaba una paja. Todo era cosa de acostumbrarse, en definitiva era un negocio como cualquier otro.

Llevábamos dos años así cuando llegó Salvatore. Lo hizo sin avisar y cargado de regalos. Cuando me vió, se le erizó hasta el bigote.

—Salvatore —dijo July—, te presento a mi hermano, el que vive en Camagüey. Vino a acompañarme para que no estuviera tan sola.

Al principio me sentí muy mal. Me vestí y empecé a recoger mis cosas. July entró al cuarto, me besó y me dijo que me dejara de boberías. La comida y los tragos me ayudaron a olvidar los celos.

Salvatore se la llevó una semana para Varadero. Me quedé cuidando la casa y los puercos. No faltaron socios para hacerme la media. Me ayudaron a terminar una caja de ron Havana Club Silver Dry. Regalo del italiano para su cuñado.

July volvió bronceada, más gorda, con quinientos dólares en la cartera y un trébol y el nombre Salvatore tatuado en la espalda.

La noche antes de la partida, Salvatore le confesó a July que se había casado en Italia. Su esposa estaba embarazada. Demoraría algunos años en volver a Cuba.

July lloró en mi pecho y no se acostó conmigo durante varios días. A fin de cuentas, no era una puta. Fueron tres o cuatro noches. Después me cayó arriba como una fiera. Lo cogió todo con resignación y espíritu práctico.

Llegó el momento de sacar cuentas. Juntamos los quinientos dólares que dejó Salvatore con los trescientos fulas y los diez mil pesos cubanos que reunimos entre los dos. Decidimos que no habría más jineteo. Volviera Salvatore o no, levantaríamos la casa y tendríamos un hijo.

Luego, la casa se quedó a medias. El dinero apenas alcanzó para fundir la placa. Antes de nacer el niño, tuvimos que habilitar un cuarto para instalarnos en él.

El primer cumpleaños del niño no pudimos celebrarlo como queríamos. Sólo le tiramos fotos. Tuvimos que pedir dinero prestado para pagarlas.

El niño se llama Salvatore. Le pusimos así por el italiano, hay que ser agradecidos en la vida. Salvatore era un tipo simpático y buena gente. Tremendo jodedor. Creo que nunca se creyó el cuento de la hermandad. July dice que no, pero para mí que se hacía el muerto para ver el entierro que se le hacía.

Todos los veranos envía una postal por el aniversario de su encuentro con July. Llega de sitios como Benidorm, Ibiza o Saint-Tropez.

No hemos perdido la esperanza de terminar la casa. July está segura que Salvatore regresará. Cree que se la llevará a Varadero y traerá regalos para todos. Yo aquí. Si vuelve, bien, y si no, también. Ya vendrán tiempos mejores.

Arroyo Naranjo, junio de 2006

Jugársela al Canelo

Canelo era su único amigo en la unidad militar. Nunca había tenido un perro. En casa nunca le permitieron tener uno. Decían que empeoraba su alergia.

Lo conoció en el comedor durante su segunda semana en Barbosa. Era un sato pequeño, rojizo, de cola trunca y mirada húmeda, siempre amistosa. Bastó una bandeja de comida para sellar la amistad. Esa tarde, Juan no tenía apetito y la comida sabía a humo. Canelo la necesitaba más.

Juan andaba por aquellos días tratando de adaptarse a su nueva vida como recluta. Lo invadía el desaliento. Trataba de idear formas de librarse de aquello. Se comportaba extraño. Andaba siempre de malhumor. Huraño, evitaba conversar. No le interesaban las conversaciones de sus compañeros. Estos, a su vez, lo esquivaban por sus rarezas, como esa de conversar con el perro, besarlo en el hocico y hasta morderlo a modo de regaño.

Se lo perdonaban, porque muchos más estaban como suponían que estaba él: filmando para que les dieran la baja del ejército. El gran obstáculo que enfrentaban era el sargento. Nada parecía asustarlo y menos conmoverlo.

—Yo no creo en numeritos ni locuras, ni me importa lo que digan papito y mamita. Conmigo hay que pulirla. El que no pueda cumplir con la disciplina de la unidad, que reviente. Esto es para hombres y revolucionarios. Los que no lo sean, que se atengan a las consecuencias —tronaba con acento oriental, la negra piel del rostro brillando por el sudor, caminando entre las filas de reclutas formados en el polígono, pendiente al menor indicio de resquebrajamiento en la marcialidad de sus subordinados.

Cualquier cosa valía para él en el proceso de formación de los reclutas. Lo mismo les ordenaba sesenta planchas que recorrer trotando, ida y vuelta, bajo el sol del mediodía, los más de 4 kilómetros que separaban la unidad del pueblo más cercano.

Juan lo sacaba particularmente de quicio. Le molestaban sus rarezas y sus aires de superioridad. Hasta ahora había evitado chocar con el muchacho. Algo interno le decía que no debía chocar con él y eso lo molestaba todavía más. Pero lo del perro ya fue demasiado.

El sargento ahorcó a Canelo de una rama del árbol de tamarindo que sombreaba las letrinas. Cuando tiró de la soga, ya el animal estaba casi muerto. Lo había golpeado en la cabeza con un tubo luego que intentó morderlo. Al soldado que se negó a ayudarlo en la ejecución porqueque era hijo de San Lázaro, lo castigó y le dijo que él se cagaba en San Lázaro y todos los demás santos. Y añadió, dirigiéndose a los pocos reclutas que lo vieron:

—Díganle al jabao ese que se está haciendo el loco con el perrito, que fui yo el que lo maté. Que esto no es un zoológico ni un coño de su madre.

Juan regresó a las cinco de la tarde. Su grupo pasó el día cavando trincheras. Vio el perro ahorcado antes de entrar en la barraca.

—Fue el sargento —le dijo El Alemán—. Tremendo singao que es. Dijo que te lo dijeran. Que él está más loco que tú y no cree en tus números ni en tus filmaciones.

Juan no se esforzó en disimular sus lágrimas mientras descolgaba a Canelo del árbol. Lo besó en el hocico, ahora seco, frío y manchado de sangre y baba. Luego, arrastrándolo con la soga, lo entró en la barraca, lo amarró al poste de su litera y se acostó sin quitarse las botas. Esa tarde no se bañó ni comió. Nadie se atrevió a decirle nada. Tenía algo extraño en la mirada.

El perro muerto atado con la soga lo acompañó la mañana siguiente a la formación. El sargento lo miró socarrón pero no dijo nada. Algo le seguía avisando que no debía hablar con Juan.

Al mediodía, Canelo comenzó a hincharse y a apestar. Juan se dirigió con él a rastras al comedor. Para alivio de sus espantados compañeros ni siquiera entró. Él no comía pescado.

Al atardecer, cuando volvió de cavar trincheras no halló a Canelo atado a la litera donde lo había dejado.

—¿Dónde está mi perro? —preguntó en medio del pasillo.

—Juan, el sargento y el Bizco lo enterraron. Ya estaba apestando —le dijo El Alemán.

—Apestando están tus nalgas…

—Asere, no te pongas así conmigo, yo soy tu socio. No seas tan raro que yo lo que quiero es ayudarte…

—Raro es un negro con dos cabezas, Alemán.

Esa noche, Juan estaba de guardia en la garita que daba a la arboleda del fondo de la unidad. A las 10 de la noche, el sargento, que hacía su recorrido por las postas, lo halló fumando, sin casco y sin camisa, encendiendo una fogata para espantar los mosquitos.

—Soldado, ¿qué cosa es esto? ¿Qué coño pasa?

La primera bala le rozó la cintura. Juan le apuntaba con el M-52. El sargento no esperó para salir corriendo. Juan corría tras él disparando. Siguió tirando cuando se le perdió de vista en la oscuridad. No paró de disparar hasta que gastó el cargador del arma. Cuando lo desarmaron no hizo resistencia. Sólo advirtió:

—Díganle al negro singao ese que se mude de unidad porque yo me lo echo de todas formas…

Lo llevaron en un jeep, custodiado por dos guardias armados, para el Hospital Naval. Allí lo entrevistó un psiquiatra canoso, de voz cansada y mirada severa. Juan supo que ahora venía la parte más difícil.

El psiquiatra lo interrogó durante casi una semana. Indagaba el porqué de su rechazo al servicio militar. Lo miraba a través de los gruesos lentes como a un bicho raro. No perdía pie ni pisada de sus gestos. Preguntó cómo eran las relaciones con sus padres y si tenía novia.

–Tengo novia, lo que no tengo es perro –y con la misma le echó el discurso que tenía preparado. Ya el médico estaba maduro. Juan se había estudiado al dedillo la parte que le interesaba del manual de psiquiatría.

El doctor lo escuchó atento durante casi 15 minutos. Entonces le preguntó si en su familia o entre sus amistades había algún enfermo mental.

–No, doctor, pero yo no estoy loco…

–No, yo no he dicho que tú estés loco, sólo estoy pensando –dijo mirando hacia el techo, como si razonara a solas– en un caso de transferencia de personalidad… Mira, yo no sé si tú estás loco, pero voy a recomendar tu baja. No podemos arriesgar tu vida o la de tus compañeros.

Juan recogió la baja en su unidad un mes después. El sargento, cuando lo vió cruzar la plazoleta, recordó que tenía algo importante que atender y se encerró en su barraca.

El jefe de la unidad, antes de entregarle el papel, miró a Juan a los ojos y masculló entre dientes:

–A mí tú no me engañas. Yo sé que no estás loco, pero te salió bien. Te la jugaste al canelo y ganaste. Sólo que pudiste haber matado a una tonga de gente aquí. Nada, Jabao, te la ganaste. Piérdete, anda, antes que yo me arrepienta y me limpie con lo que dice el psiquiatra…

Juan condicionó la continuación de sus estudios a que sus padres le permitieran tener un perro. Su alergia desapareció. De cualquier modo, era un mal menor comparado con cualquier disparate que pudiera cometer.

Desde entonces, Juan tiene perro. A todos, invariablemente, los llama Canelo, conversa con ellos y los despide cuando sale de casa con un beso en el hocico.

Septiembre de 2006

Los sueños de Landín

Landín busca su suerte en el mundo onírico. Vive más los sueños que la vida. Se acuesta cada noche en su cama desvencijada como quien emprende una aventura. Nadando en las aguas imprecisas de los sueños busca su peje grande. El premio mayor, el número que lo salvará.

Tiene fama de ser un tipo con suerte en la bolita. En el barrio, en las colas o por el parque, la gente lo busca para que le cuente sus sueños. De ellos depende para muchos el número que jugarán. Sólo falta que el viejo esté de humor para contarlos. A veces, se pone pesado y se niega a hablar para que no le roben la suerte.

Landín sueña cualquier cosa, excepto con mujeres. Eso era antes. Ya no. A los setenta años y con hambre, no se piensa mucho en las mujeres. No se te acercan ni en los sueños.

En la cama, a su hundido pecho de asmático sólo se arrima la espalda huesuda y deforme de su esposa. Ella es la primera en enterarse de sus sueños. Lo interroga ansiosa al despertar. No prepara el café de la mañana sin saber que ha soñado su marido anoche. De sus sueños depende que algún día pueda comprar sus zapatos ortopédicos y reparar el colchón y el techo de la cocina.

Landín sueña casi siempre con muertos o animales. Bestias y difuntos acuden en tropel en cuanto pone la cabeza en la almohada. Cuando despierta, lo aturde pensar que quizás anduvieron por la casa. Qué más da. Lo que importa es que le den el número.

A los muertos hay que saberlos entender. Con sus ademanes torpes, andando con los pies despegados del suelo, se enredan con sus palabras. Se pierden en los vericuetos de sus recuerdos averiguando por otros muertos. La mayoría de las veces sólo anuncian problemas y desgracias. Lo peor es que te despierten del susto.

Landín tiene paciencia con ellos. Los echa de menos cuando alguno de ellos pasa tiempo sin mostrarse. Se alegra cuando lo ve venir, perdido por la casa, tropezando con los muebles y hablando sin sentido en jerga de difuntos.

Cuando la vieja lo siente conversando con muertos, se persigna y se aparta respetuosa hacia el otro lado de la cama antes de volverse a dormir.

Con los animales todo es diferente. Cuando el sueño se llena de bichos, las perspectivas mejoran. Para empezar, la interpretación del sueño es más fácil. Puede haber ratones, majases, jicoteas o tiñosas: 29, 21, 6 y 33. Le gusta jugar el 48, cucaracha. Las que sueña y las que le caminan por encima en la cama. El 48, fijo o corrido. Pero no se casa con ningún número.

A veces, se levanta en plena noche y apunta en la libreta. Antes que se le olvide el sueño. Tiene hojas repletas de cálculos y combinaciones que sólo él entiende.

Su hijo, que viene a almorzar los domingos, le reprocha que gaste el dinero en la bolita. Dice que es más lo que pierde que lo que gana. No entiende que él no hace más nada. Ya ni fuma. Los cigarros le empeoraban el asma. Ahora vende la cuota de cigarros y tose menos. Sólo le queda el juego.

No se cansa de regañarlo y eso que no sabe que el mes pasado tuvo que empeñar la olla arrocera a un garrotero para pagar sus deudas. Por suerte, la pudo recuperar con un parlé que se ganó. El 12, mujer santa. Se lo dio una rubia ciega, una noche de apagón que se perdieron las estrellas. Se lanzó por el balcón en el mismo momento que despertó.

Landín y su mujer se enteran cada mañana de qué número salió la noche anterior. No necesitan tener radio. El de ellos es viejo, ruso y defectuoso. Para saber lo que salió sólo tienen que asomarse a la calle, porque todo el barrio sabe que número tiraron. Antes, oían la lotería de Venezuela. Cuando se cayó la de Táchira, empezaron a escuchar la de Miami. La oyen, con más o menos ruido, los que tienen buenos radios. Luego, pasan la voz. Al amanecer, toda Cuba conoce los números que salieron.

Los vocean de una acera a la otra. Sin miedo ni disimulos. No hay líos. Casi todo el mundo juega. Hasta el jefe de sector. Cuando no se gana nada, no se pone majadero. Listeros y apuntadores siempre «lo tocan». Es el precio que pagan por su silencio.

Cada tarde, cuando habla con el apuntador, ya Landín decidió qué número jugará. Se lo dieron los sueños o el televisor. Puede ser el 1, caballo, si el Máximo está otra vez en pantalla. La bronca en la bodega puede ser un indicio para que juegue el 84, tragedia.

Si estuvo de buen humor, ya les habrá dado «la cábula» a algunos pocos afortunados. Les contó, de prisa y sin detalles, su sueño de anoche. Con muertos o animales. Grandes o chiquitos. Para que escojan su número. Landín les hace el favor, pero no lo hace con cualquiera. Le pueden robar la suerte.

Esta noche, si el asma lo deja, volverá a soñar. Casi dormido aún, anotará el 32, el 21 o el 48. Cualquiera de ellos puede ser el número que lo salve.

Febrero de 2006

Luis Miguel nació para ser feliz

No me gusta la escuela. Mi peor parte del día es levantarme para ir a clases, ponerme el uniforme y la pañoleta y sin desayunar, luego de la caminata, empujarme el matutino y repetir todos los días la misma candanga: «Pioneros por el comunismo, seremos como el Ché».

Tengo diez años y estoy en quinto grado. En mi aula hay 25 alumnos, un televisor Panda y una maestra emergente. La maestra tiene dieciseis años y está buenísima. Lo único malo que tiene es que se pone brava y castiga cuando le haces una pregunta y no te sabe contestar. Además, siempre nos pide que compartamos con ella la merienda.

De verdad que no me gusta la escuela. Prefiero jugar con mis amigos o ver la televisión. No sé para qué sirve estudiar. Me parece que es perder el tiempo. La asignatura que menos me gusta es Español. No acabo de aprender cuándo una palabra lleva tilde y no adivino con las h. Tampoco sé si usar b o v, ni c o s. La maestra me regaña cuando digo asere, pura o qué bolá, pero yo a ella la he oído hablar chabacano cuando está con los otros profesores.

La historia de Cuba tampoco me gusta, pero es más fácil. Me cuesta mucho trabajo aprenderme de memoria las fechas y los nombres, pero eso no es grave. Lo importante es saber que Cuba siempre estuvo luchando contra el imperialismo yanqui. Con Fidel al frente. Antes que él, estaba Martí, que era su amigo y su maestro y el que planeó el ataque al Cuartel Moncada.

La maestra se queja a mi mamá de que tengo problemas disciplinarios y con el aprendizaje. Verdad que me cuesta trabajo concentrarme, cualquier cosa me distrae. No retengo lo que aprendo en las clases. Prefiero cualquier cosa antes que hacer la tarea. La directora me amenaza a cada rato con mandarme para una escuela de niños con problemas de conducta. Mi mamá en cambio siempre me defiende. Dice que no soy malo y que tengo muy buenos sentimientos. Yo creo que es verdad. Sólo se queja de que soy muy inquieto. Dice que me afectó la separación de mi papá y la muerte de mi abuela. Era muy buena conmigo y yo la quería mucho.

Mi padrastro me pelea mucho. Dice que los varones necesitan mano dura, pero no me pega. Sabe que no puede. Mi mamá se lo come si me levanta la mano. Mi papá, cuando aparece, si no está borracho, habla poco y no se mete en nada. Lo único que quiere es que no le peguen a su chama.

Me las veo negra con la jama. La comida en el comedor de la escuela es poca y mala. Pero dice mi mamá que es un alivio que yo esté semi-internado, porque ella y mi padrastro trabajan. No sé para qué si nunca tienen dinero. No me gusta estar en la casa. Allí no hay quien viva. Mi mamá y su marido se pasan la vida quejándose de todo. De lo que les falta, de lo caro que está todo, de que no les alcanza el dinero. El hambre los pone belicosos. El alcohol, peor todavía. Cuando discuten, los gritos se oyen en todo el barrio. A veces, se entran a golpes. Después, se revuelcan en la cama como si no hubiera pasado nada. Mi abuelo dice que en el fondo ellos se quieren mucho, que la situación es la que los tiene así. En el patio tengo un machete escondido, por si acaso. La próxima vez que mi padrastro le pegue a mi mamá, lo pico.

Hace días que no discuten. Parece que mi padrastro ganó en la bolita o «hizo el pan» con la gente del frigorífico.

De todos modos, no paro mucho en la casa para que no la cojan conmigo. A las cinco de la tarde, cuando llego de la escuela, me como el pan que me toca (porque siempre llego volao del hambre), me quito el uniforme (que me tiene que durar hasta sexto grado), me pongo un pantalón corto y unos zapatos rotos y me voy a jugar. No regreso hasta que empieza a oscurecer y el hambre me aprieta.

En mi casa no hay tranquilidad ni de noche. Duermo en un cuarto con mi abuelo y mi hermana. Separado por un tabique, está el cuarto de mi mamá. Antes era un solo cuarto grande. Me duermo todas las noches oyendo crujir la cama de mi mamá. Hablan, pelean y suspiran hasta tarde. Pero casi nunca entiendo de qué hablan, sólo las malas palabras. También extraño a mi hermana en la cama. Ya no duerme conmigo ni se desnuda delante de mí. Dice que ya estoy muy grande. Ella ya cumplió los quince, pero no pudieron hacerle fiesta. Ya casi no duerme en casa. Está «en la lucha». Cary, la vecina, que es una gorda envidiosa, dice que le tiene lástima porque es una puta sin porvenir.

Cuando abuelo se muera, el cuarto será para mí solito. Abuelo morirá pronto. Tiene sesenta y ocho años, ya casi no camina y está muy flaco y no para de toser, pero no quiere dejar de fumar. Dice que se quiere morir, que así no vale la pena vivir. Que nos adaptamos a vivir en la mierda y la chusmería. No entiendo por qué extraña tanto el capitalismo. Le pregunto si no había explotación, miseria, analfabetismo y enfermedades. Dice que todo eso es mentira. Para mí que le está patinando la cabeza.

En casa de algunos de mis amiguitos también hablan mal del gobierno. No hay quien entienda a los mayores. ¿Por qué tanta gente se quiere ir de aquí? En otros países están peor porque hay guerra y drogas y los explotan los yanquis.

En Cuba, en cambio, todo se reparte entre todos, aunque toquemos a poquito. Parece que a algunos les toca más que a otros. Por eso, algunos niños usan tenis Reebok, llevan buena merienda a la escuela y tienen Play Station y diskman para oír música con audífonos. Sus papás andan en carros y tienen fulas. Pero dice la profesora que cuando se acabe el bloqueo y los pueblos derroten al imperialismo, tendremos de todo y viviremos muy bien.

¡Son tantas las cosas que no entiendo! No sé si es bueno casarse y tener hijos y trabajar. Por lo que veo en mi casa, parece que nada de eso conviene si uno quiere vivir bien.

A veces, tengo ganas de rezar. Mi abuela, que en paz descanse, rezaba todas las noches antes de acostarse. Pero, ¿para qué? No sé quien es dios ni si hay dios. Para mí que está muerto. ¿O será el elegguá que mi padrastro tiene detrás de la puerta y por el que no deja que uno chifle? En la escuela dicen que dios no existe. Y bueno, si no existe, ¿cómo lo pudieron matar en la cruz? Abuela me llevaba a la iglesia algunos domingos. El cura hablaba del Padre, el Hijo y el Espíritu Santo. Explicaba que dios era tres personas. Como un tres en uno, que es radio, grabadora y tocadiscos.

Creo que fue Martí, o Fidel, no me acuerdo bien, el que dijo que los niños nacen para ser felices. Entonces debo ser feliz. Tengo hospital y escuela gratis, tarjeta de menor y una libreta que me asegura los mandados de cada mes. ¿Qué más falta para ser feliz?

Cuando sea grande seré deportista. Pelotero. Ganaré muchas medallas para dedicarlas a Fidel. Podré viajar. Traeré ropa de marca, un buen equipo de música para oír reggaeton y una moto para ir con jevitas a la discoteca. Todos me envidiarán.

Podré ayudar a mi mamá. Para entonces, ya mi padrastro habrá reventado como un sapo. Le traeré muchos fulas a la pura para que no le falte nada. Para que haya bastante comida en el refrigerador. Quiero que mi mamá desayune leche y se pueda lavar la cabeza con champú. El abuelo, pobrecito, ya estará muerto. Mi hermana no necesitará nada. Ya se habrá buscado un extranjero o un marido maceta.

Soy feliz soñando todo lo que tendré cuando sea grande. Tan feliz que me río solo aunque piensen que me volví loco.

2005

Macuca

Hoy vi a Orlando y no me temblaron las piernas ni me palpitó el corazón. Nos cruzamos por Cuatro Caminos, yo montaba en el M7 y él pasó, cargado de bultos. No me vio o fingió no verme. No me inmuté ¡Y mira que me gustaba ese hombre y mira que sufrí por él!

Está hecho un viejo y no llega todavía a los cincuenta. Era siete años mayor que yo y cumplí ya los cuarenta y dos en agosto.

Con todas las mariconadas que me hizo, no le guardo rencor. Me dejó en mi mejor momento, cuando todavía me llamaban Macuca La Bella. Tenía veintiocho años, no sería una belleza pero siempre tuve buen cuerpo. Mucho mejor que el de la mulata puta teñida de rojo por quien me dejó. ¡Con esas tetas caídas!

Orlando empezó a llegar tarde y a quejarse por todo. Ya no resistía a mi madre, que era una santa, en paz descanse. Un buen día me dijo que se iba. Fue muy cruel. Me dijo que no aguantaba más mi locura. Que se le había muerto lo que sentía por mí. Que ya no le gustaba. Que tenía otra y estaba embarazada. Que le daría el hijo que tanto deseaba tener y que yo no le podía dar.

Se me pegó el cielo con la tierra. Sólo hacía pensar en él. Esperaba verlo volver arrepentido en cualquier momento. Volvió una tarde, pero para pedirme el divorcio porque ya el niño había nacido y la mujer lo estaba agitando con la boda.

No le guardo rencor. Sufrí, pero no hay mal que por bien no venga. Después que Orlando me dejó, mi vida cambió. Ahora vivo una vida confortable, rodeada de lujos. No me faltan los hombres ricos y famosos para elegir con cual divertirme.

Conozco a casi todo el jet set internacional. Algunos de ellos son mis amigos íntimos. Ando con ellos en sus fiestas y sus lutos. Me desplazo con ellos por el mundo. Paso noches ardientes con galanes de Hollywood y astros del pop, como nunca pasé con Orlando ni con otro cubano.

No te niego que fue muy duro al principio. Después del divorcio y de que el médico me dijera que me olvidara de tener hijos, tuve que atenderme con un psiquiatra. Más por Orlando que por los hijos. Yo no quería tener hijos. Primero, porque era muy joven. Luego, esperando que las cosas mejoraran. Todo empeoraba cada año. Cuando quise tenerlos, mira. Pero total, para lo que sirven los hijos. Va y te salen buenos… pero yo he visto cada casos que parten el alma.

La muerte de mi mamá empeoró las cosas. El psiquiatra me diagnosticó trastornos de la personalidad de tipo esquizoide, con crisis depresivas a repetición. Tomé las pastillas sólo unos meses. Eran difíciles de conseguir, como todo aquí. Me daban mucho sueño y me tenían zonza todo el día. Así no podía trabajar.

Mis amigas me aconsejaban que me buscara un marido. Decían que un hombre sería el remedio para mis males. Pero La Habana en Período Especial era mal sitio para buscar marido.

Yo no quería un príncipe azul. Sólo quería que fuera un hombre tierno, romántico y gentil. Y claro, que me gustara. Si tenía carro, mejor. Pero sólo aparecían tipos groseros y vulgares, tan muertos de hambre o más que yo. Chabacanos, apestando a sudor, tabaco y alcohol. Sólo querían tirarme en la cama y hacerlo y ya, sin más ceremonia ni romance, menos todavía obligaciones. Comprendí que los hombres no eran la solución a mis problemas. O cuando menos, no los hombres que estaban a mi alcance.

Un sábado que me aburría frente al televisor me llegó la suerte. La trajo mi amiga Dalia, en papel cromado y a todo color. Era una revista española. Se llamaba *Hola*. En la portada, sonreía Lady Di. Enseguida trabé amistad con la princesa de Gales. Lloré a moco tendido cuando en su funeral cantó mi amigo Elton John, con un traje Versace y tan pájara como siempre.

Hallé mi mundo en las revistas del corazón. Las alquilo a dos pesos diarios a Rolandito, un maricón amiguito mío que me las fía sin problema si no tengo el dinero.

Las revistas me acompañan en el trabajo y en casa cuando termino los trajines. No tengo criadas. Prefiero hacerlo todo yo. No soporto tener sirvientas merodeando por la casa. Disfruto la soledad.

Me gusta ir de compras. A El Corte Inglés o a Macy's. Cuando no quiero manejar, voy en bicicleta para hacer un poco de ejercicios y engordar las pantorrillas. Mi auto es un Corvette rojo y no lo quiero cambiar por el momento.

Hoy no cocinaré. No tengo nada en el refrigerador y no me apetece comer arroz y frijoles otra vez. Los huevos no han llegado. Almorcé en el trabajo, pero si no me quedo dormida, encargaré por la noche algo a Pizza Hut. O quizás a Kentucky Fried Chicken, ya se verá.

Si el agua entra antes de las 10 de la noche, cuando termine de cargar los cubos para llenar el tanque me bañaré y luego de perfumarme con Chanel (o mejor Oscar de la Renta) me acostaré a leer una revista. El TV está fallando, pero no lo lamento. La programación es infame. Todo es política. No tengo VCR ni dinero para comprar uno, así que renuncié a alquilar los videos con las novelas de Univisión.

Abro la *Vanidades* y levanto vuelo. El número es algo viejo, agosto de 2002. No había ninguna revista mas reciente. La clientela de Rolandito es mucha. Pero yo estoy actualizada, no hay quien me haga cuentos.

Ahora que Lady Diana murió y mis amigas no me visitan porque dicen que estoy loca, la princesa Masako se ha vuelto mi confidente. Ella me entiende bien. También padece de stress y depresiones. No se adapta a vivir en el palacio real. A mí me deprime trabajar en la EMPROVA y vivir en un solar de Centro Habana.

Masako sustituyó en mis afectos a Lady Di. Pero todavía la echo de menos. He comenzado a aceptar la relación de Camila y Carlos. Fui a su boda. Me temblaron las rodillas cuando me incliné para saludar y besar la mano de Su Majestad Isabel II. Juan Carlos y Sofía, los Reyes de España, son más sencillos. Impresionan menos. Lo bien que la pasé cuando me invitaron a almorzar con ellos en Mallorca, a bordo de su yate.

A la que no perdono es a la descarada de Jennifer López por haberme quitado a Marc Anthony. Se lo comenté ayer por teléfono a Shakira. Me contó de su viaje a Barranquilla y me dictó unos nuevos ejercicios. Muy oportunos, ahora que ya no trato con Jane Fonda. La vejez le ha dado por hacerse la dura.

Debo cuidarme para mantenerme en forma. Con la dieta no hay lío. Cada día estoy más delgada. No hay peligro de anorexia. El agua con azúcar prieta evita ese mal y otros muchos más. Siempre se lo digo a Estefanía de Mónaco y no me lo cree.

Estoy saliendo a bailar últimamente con Luis Miguel y Ricky Martin, pero son demasiado jóvenes para mi gusto. Prefiero salir con Mel Gibson o Richard Gere. Pero luego de la semana en Malibú con Brad Pitt, me convendría una temporada de reposo sexual. No sé. Anoche me desperté húmeda soñando con Tom Cruise y cuando a mí se me mete un macho entre ceja y ceja…

Mis noches son agotadoras. Me despierto hambrienta y con dolor en todos los huesos. Justo a tiempo para correr a coger el camello para ir a trabajar. Estoy necesitando con urgencia unas vacaciones.

Ya decidí donde las pasaré. Nada de Hawaii, Cancún, Marbella ni Saint-Tropez. Tampoco Ibiza ni Biarritz. Menos que menos Miami. Demasiados cubanos. No quiero problemas con el CDR.

Este año me broncearé en una playa dominicana, tendida en la arena junto a Julio Iglesias. Nos iremos por la noche a bailar merengue y luego haremos el amor en su habitación. Tal vez sea tiempo de tomar en serio a Julio. Que un viejo amor ni se olvida ni se deja.

Mayo de 2005

Moinelo

La mañana era fría y olía a mierda. Como todas las mañanas en Moinelo. Sólo que no hubo de pie ni matutino antes de salir para el campo. Era domingo y sería mi último día allí. Al menos, eso pensaba.

Nunca esperé tanto un domingo. Mi cuenta regresiva para la vuelta a casa comenzó el mismo día que llegué. Un martes. Faltaba poco para que empezara a oscurecer. El sitio lucía deprimente incluso para un chico de trece años, sediento de aventuras y fuera de casa por primera vez.

Una larga nave de tablas, techada de guano, rodeada de otras barracas más pequeñas, la cocina, el comedor y las letrinas. Humo de leña y polvo rojizo. Zumbidos de moscas y mosquitos. La vista se perdía en los platanales que rodeaban el campamento. Y tierra colorada por dondequiera. Alquízar, a más de 10 kilómetros, era el lugar habitado más próximo.

En tal sitio se suponía que pasaríamos los próximos 45 días. Forjándonos como hombres nuevos, los que construiríamos la sociedad socialista. La escuela al campo era nuestro privilegio.

Todavía no había caído la noche, que pintaba fea, y ya había fugados. Se limitaron a tomar posesión de sus literas y empezaron a trazar planes. No oyeron el discurso del director. Las condiciones no eran buenas, pero mejorarían. En unos días, ya tendríamos luz eléctrica. Sólo había que esperar. Esta era la oportunidad de demostrar cuánto eran capaces de resistir los jóvenes revolucionarios… Qué va, había que escapar a toda velocidad.

Duquesne, Despaigne y Espuela dejaron sus maletas de madera encargadas a sus socios. Si no volvían, que se las llevaran para La Habana. No esperaron que estuviera la comida.

No se perdieron nada bueno. El estómago del hombre nuevo parece que también había que forjarlo.

Regresaron agotados, buscando sus literas a tientas en la oscuridad. Hambrientos, enfangados y con malas noticias. Se cansaron de caminar y ni siquiera dieron con la carretera. Los terraplenes no parecían conducir a ningún lugar, excepto a alambradas de unidades militares. Había que esperar que llegaran los padres al rescate el próximo domingo.

El grito del de pie fue a las 5 y 30 de la mañana. El director, vestido de verde olivo y tocado con una chaika siberiana calada hasta las orejas, recorrió el albergue dando prisa a los muchachos:

—Arriba, arriba, los hombres no duermen tanto. Vamos, afuera, rápido, ¿que señorita falta por vestirse?

Afuera el frío cortaba. Y el matutino asustaba. Había que espantarse el cuento de la emulación y las brigadas antes del desayuno. Una lasca de pan viejo y un jarro de leche aguada, caliente que pelaba, de sabor indefinido. Y de ahí para el campo. Directo y sin escalas.

Las guatacas eran más grandes que nosotros. Los cabos ásperos comenzaron a hacernos ampollas en las manos. Alguien dijo que meándose las manos se arreglaba el problema. Y empezó la meazón. Ni modo. Las ampollas ahí. Y el sol apretando. Los surcos parecían extenderse hasta el infinito. Y las horas que no pasan. Y el agua de tomar que se calienta y se acaba. Trabajar, qué horror, majasear es lo mejor, cantó Marmota, con música presumiblemente arábiga. Y dale que dale, aporcando tierra hasta que el profesor mandó a parar a las 12.

De vuelta al campamento para almorzar. Almorzar. El arroz duro, casi quemado. Los frijoles duros, nadando en un caldo aguado. Pescado espinoso y con sabor a fango. Una cucharada de postre no identificado. Una hora de descanso y de vuelta al campo. Dos de la tarde. Con el vapor subiendo de la tierra y el sol partiéndote el lomo.

La hora del baño era otra tortura. No sólo por el agua siempre puñeteramente fría de las seis de la tarde. Larga fila para bañarse en cualquiera de las diez duchas. Cinco a cada lado de un estrecho pasillo. Toalla al hombro, sin soltar el jabón para que no se lo robaran. Las chancletas de palo, resbalando en el agua jabonosa y pestilente que corría por el áspero piso de cemento sin pulir. Desnudos todos.

–El que no se encuere es jeva, los hombres no tienen complejos.

–Y pobrecito el que se le pare.

–¿Cuál es la miradera, tú?

–Quita para allá las nalgas, gordo, bayoyo, culo apoteósico...

–Eh, pa mí que tú eres cherna.

–Vamos, vamos, que hay cola.

–Oye, que pasó. ¿Cuál es la tortilla?

–Dale, apúrate que ya empezó el comedor.

Otra cola para entrar al comedor. El mismo arroz y los mismos frijoles. Y las mismas moscas, volando entre las bandejas y los jarros. Adivinaron que había carne rusa.

Todos los días iguales. Con hambre, mugre y peste. La peste a mierda que flotaba sobre Moinelo. Venía de las letrinas, de los platanales, de la zanja del fondo del campamento. Sólo alguna bronca traía novedad. Variaciones sobre un mismo tema.

La única mejora fue la llegada de la luz eléctrica. Al tercer día, como en la Biblia. Todo tiene desventajas. Entonces, los de pie fueron con música guajira. Sonaba por los altavoces precediendo la voz del director. Antes que el estruendo de la cabilla golpeando la llanta de camión colocada junto a la puerta. Era un programa de Radio Rebelde que se llamaba Amanecer Cubano.

El viernes, el primer despertar con luz y guateque, fue la controversia. El director terminó la ronda por el albergue más rápido que lo habitual y se fue a la cocina a reclamar el café, seguido por el séquito de profesores. El güiro, el tres y Justo Vega inspiraron a Felipe, que como un almuezin de mezquita, en calzoncillos, desde lo alto de su litera, tronó:

> Moinelo, sitio oscuro
> Si el mundo tuviera nalgas
> Tú fueras ojo del culo…

Pedrito, tras sonarse los mocos, decidió ripostar cual Adolfo Alfonso:

> Ya que te dices poeta
> Y en el aire las compones
> Ponte un farol en el culo
> Y alúmbrame los cojones.

Ramoncito se creyó Ramón Veloz y entonó, poniéndose los pantalones:

> Valle plateado de putas
> Sendero de maricones…

Lo interrumpió el Chino, gesticulando desde el pasillo, en pose del Jilguero de Cienfuegos:

> Te voy a coser el culo con alambre bien finito
> No te lucirá bonito
> Pero sí te quedará seguro… jejejajajá

—Arriba, saliendo a formar, ¿qué pasa aquí? —irrumpió el director frustrando el derroche de música y poesía campesina.

La otra tortura radial era Información Política. Se suponía dirigido a los miembros de las FAR y el Ministerio del Interior pero nos lo sonaban a la una de la tarde por los altavoces. Como para cortarnos la digestión.

Con Nocturno había consenso. Le gustaba a todos, profesores incluidos. A todos menos al director. Y a Omar y a Robert Campos, que no perdonaban a Roberto Jordán por convertir aquello de «do you remember when we used to sang, chalala lala» en *La muchachita de los ojos café*, «uhuh, que linda es». Ni a Los Mustangs la versión en español de *Hey Jude*. Ahí empezaban las discusiones. Que si los Beatles o los Stones. Que Ringo se había sentado en las piernas de la Reina Isabel, antes de meterse con sus compañeros en una piscina de champán.

—Con un sorbito de champán, brindando por el nuevo amor...

—Omar, ¿esa reina no será la que baila el danzón, verdad?

—No, es Reina y Carlos III...

—Mira que estos chamas son cheos.

—Vaya, ustedes si son los chicos a go-go. Uy, uy, que onda... Come back, baby come back...

—Me cago en la resingá de la madre del que se limpió su culo roto con mi toalla...

—Come on, come on baby, baila la rumba, paralítico... twits and shout, come on, come on...

A las 9 y media ya los rumberos con maletas había vencido a los guitarristas. Eran dos. Los guitarristas. Los tocadores de rumba los triplicaban en número y estruendo.

Mateo cantaba las canciones de Silvio. No sólo la era y su parto de corazón, sino las otras también, las que nadie más que él conocía entonces. Y algunas de los Beatles. Pero la enfermedad estaba en la litera de Robert Country, el otro guitarrista. Eric Clapton era Dios en Londres, con los Cream. En Moinelo, era Roberto Campos. Omar y Luis terminaban siempre siguiéndolo. Tras el rastro de los cigarros y las canciones de Dylan. No entendían las letras, pero debían ser algo muy grande. Tanto o más que aquello que aullaban cada noche y los ponía tan nostálgicos por La Habana y la búsqueda de fiestas de los sábados por la noche: «and I wonder, still I wonder who will stop the rain…».

Las canciones y las discusiones estaban en su mejor momento cuando el director, a las 10 de la noche, apagaba la luz. Siempre pasaba igual. A esa hora era que se ponía bueno el ambiente.

Una bota enfangada lanzada contra el mosquitero de Alexis o un galletazo anónimo para despertar a Horqueta podía ser la señal que desatara la confusión de voces. Como en la torre de Babel.

—Me cago en la madre que tiene un hijo artillero y no lo mande a la guerra…

—Cállate, puta.

—Que falsete, coño de tu madre… Metiste pa Frankie Valli.

—Ho, Ho, Ho Chi Minh…

—Carlete, chúpame el tolete…

—Boli, deja las pajas que te van a salir granitos…

—Oye, ¿a quien le toca hoy? ¿A la muchacha de La Palma, a la de los Cinco Latinos o a Manuela?

—No, le toca a tu abuela que es tortillera…

Sólo la noche del sábado fue bastante tranquila. No hubo lanzamiento de botas ni latas. Javier pudo dormir sin que le untaran pasta dental en la cara. El Boli se pudo masturbar sin que lo molestaran. Nadie estaba esa noche para la jodedera. Todos querían madrugar para esperar la llegada de los padres.

Los primeros en aparecer por el terraplén fueron los familiares de Rey. En su Plymouth blanco y rojo, envueltos en una nube de polvo. Él inició el desfile de los que se iban de Moinelo.

A las once, ante la avalancha de deserciones, el director y Diego, el entusiasta profesor de Biología, recorrieron el campamento convocando a alumnos y padres a una reunión urgente en el comedor. Esa situación no podía continuar, la escuela al campo era una tarea de la Revolución, las condiciones del campamento iban a mejorar, quienes se fueran verían afectado su expediente escolar…

Mi familia llegó al mediodía. Mi padre, mi abuela y mi hermana. A bordo del jeep verde olivo del flamante marido de mi hermana. Capitán del ejército, veterano de la Sierra Maestra y veinte años mayor que ella.

Abracé primero a mi abuela. Estaba espantada por lo flaco que me había puesto en menos de una semana. Los demás trataban de explicarle que yo lo que estaba era creciendo. Mi cuñado aventuró que ya hasta me estaba brotando un bigote que sólo él veía.

—No, no, es que la comida está muy mala –traté de argumentar.

—Wichy, tú lo que eres muy majadero para comer –razonó mi hermana–. Nosotros te trajimos comida para que refuerces.

—Muchacho, que sabes tú lo que es pasar hambre– terció mi cuñado–. Hambre la que pasábamos en la Sierra.

Entonces solté la bomba:

—Me siento mal aquí. Yo me quiero ir. Llévenme para La Habana.

—Ni muerto– dijo mi padre–. Usted se queda a cumplir con la Revolución. Tu no puedes ser menos que los demás muchachos.

—Papá, pero si todos se están yendo para La Habana…

—A usted no le interesan los demás, usted tiene que cumplir, ¿es hombre o cucaracha?

—¿Pero tú no estás viendo que flaco está el niño? Oye, son trece añitos, él no aguanta esto –intervino mi abuela.

—No empieces, vieja, por eso el chiquito está como está. ¿Qué tú quieres sacar de él? Es mi hijo y se queda. Cumpliendo con su deber.

–Abuela, ¿cómo es eso de niño? A los trece años ya es para que tuviera mujer. ¿O quiere criar un cundango o qué? –terció el cuñado.

–Claro que sí, abuela, está bueno ya de ñoñerías y malacrianzas –mi hermana, por supuesto, no se quedó atrás.

Fue justo entonces que llegó el director, secundado por su escudero Diego, convocando para la segunda reunión. Recabando el apoyo de todos los padres revolucionarios. Esta vez, el mitin sería en la plazoleta frente al albergue, a la sombra de la bandera. La gravedad de la situación así lo requería.

Y de pronto me vi subido a la tarima. De la mano de mi hermana, con el brazo uniformado de mi cuñado sobre los hombros. Flanqueado por el director, Diego y Monomio, el abúlico profesor de Matemáticas.

El director inició la arenga con los mismos argumentos de la primera reunión, más todos los nuevos que se le ocurrieron. Entonces le tocó el turno al profesor de Biología, que gagueó, con la voz quebrada por la emoción:

–Como dijo el Ché, «donde nace un comunista, mueren las dificultades». Compañeros, aquí no se raja un alumno más. Sólo los cristales se rajan...

Volvió a la carga el director:

–Aquí tenemos un ejemplo que le debía dar pena a tantos zangaletones. El alumno más pequeño del campamento, aquí lo tienen –y me señaló, posando luego su mano en mi cabeza por primera y última vez–, decidido a cumplir con su etapa de escuela al campo hasta el último minuto. Y todo el tiempo que sea, si la Revolución lo necesita...

Sin levantar la vista, hice un puchero y apreté el culo porque me estaban entrando unas inmensas ganas de cagar.

–Compañeros, lo que se le pide a ustedes no es nada en comparación con los compañeros que cayeron en la Sierra, en Girón, en Bolivia... –discurseó mi cuñado, seguido por la mirada orgullosa y enamorada de mi hermana–. El momento es de sacrificios. Yo perdí un ojo en la batalla de Guisa –dijo quitándose las gafas oscuras–, y si tengo que dar el otro, el comandante en jefe sólo tiene que pedirlo…

El director, aplaudiendo que daba gusto y sin averiguar a qué ojo se refería, volvió a tomar la batuta:

–Estos no son tiempos para blandenguerías. Frente a las dificultades, lo que hay es que empinarse y crecer. Aquí se forman comunistas, los hombres que construirán el mañana. Adelante, compañeros, proa al futuro… –y extendió su brazo hacia las letrinas.

Y hacia allá corrí yo, luego de saltar de la tribuna. No podía más. Ni con los discursos ni con las ganas de cagar. Iba como Juan que se mata y Pedro que se despetronca. Por mucho que corrí, llegué cagado. Recogí un periódico que hallé por el piso. Lo repasé mientras, agachado sobre el hueco, entre el zumbido de las moscas, mis tripas acababan de retorcerse. Contenía el discurso de Fidel de los cien años de lucha. Podría servirme para el próximo círculo de estudio o cualquier otra cosa. De hecho, ya me estaba sirviendo para limpiarme.

Cuando terminé, aliviado, embarrado en mierda, sin que nadie me viera, me dirigí a la ducha. A lo lejos, oí al director gritar Patria o Muerte y escuché los últimos aplausos.

Septiembre de 2005

Reminiscing

Joaquín Sabina

Cuando abrí los ojos, no sabía donde estaba ni me acordaba de nada. Me dolían los pinchazos en los brazos. Tenía puesto un suero. Hacía mucho frío. Estaba desnudo, tapado con una sábana agujereada y mugrienta, acostado en una sala de hospital.

Me despertó Rosita. No sé si me tocó o me despertó su mirada llorosa fija en mí. Tenía puesta una bata verde de médico y el pelo recogido dentro de un gorro de cirujano.

—¿No me conoces? —me preguntó ansiosa, tratando de poner su mejor cara.

Claro que la conocía. Sólo ella me importaba en esos días. Todo lo demás se podía ir absolutamente al carajo. Verla junto a mi cama me tranquilizó un poco.

—Pude convencer al médico para que me dejaran entrar a verte un minuto. No podía estar más sin verte. Estás en terapia intermedia, ya pasó lo peor. Ahora vas a ponerte bien, tu verás. Oye, tengo que salir enseguida. Afuera está tu familia, les voy a decir que tú estás bien… —me besó en la frente y salió.

Y yo sin fuerzas para mover un dedo, con ganas de besarla en la boca y sin saber de qué coño me estaba hablando, ni qué fuera lo peor que ya había pasado. Ni por qué estaba aquí todo descojonado, ni qué hacía mi familia allá afuera ni qué les podía importar que yo estuviera bien.

Parece que la mente tiene sus mecanismos para borrarse cuando conviene no recordar. Empecé a entender algo cuando me trasladaron en una silla de ruedas a un pabellón del hospital.

Me recordé en mi cuarto a medianoche, recostado a la cabecera de la cama, con la KAAY sintonizada en el radio, bajando con un vaso de agua, sin apenas poder contener las ganas de vomitar, las 58 pastillas de meprobamato. Fue lo único que pude conseguir. Pensaba que serviría. También analicé ahogarme en el mar, pero nado demasiado bien para morir ahogado.

Lo había decidido. Prefería morirme que ir al servicio militar obligatorio. Llevaba más de una semana aplazando el momento, pero ya se me estaba acabando el tiempo. Dentro de dos días tenía que presentarme en el cine Mónaco, a las 8 de la mañana, listo para partir a la unidad militar.

Ese día me sentí particularmente mal. No veía a Rosita hacía más de una semana. No venía a mi casa, no sabía qué coño le pasaba. Tampoco iba a buscarla al trabajo, aunque reventaba de las ganas de verla. No quería agobiarla. Si se había cansado de mí, no iba a perder el tiempo en buscarla. Desde el principio, acordamos que lo nuestro sería sin demasiado compromiso. Era mejor así. Especialmente ahora.

Nos habíamos conocido en casa de Mario El Enajenado hacía un par de semanas. La atracción fue mutua. No me podía resistir a las rubias y ella estaba fascinada con mis greñas y mis ojos claros y miopes. Terminamos en mi casa oyendo un disco de los Beatles. Lo eligió ella. Me dijo que le recordaba a Boca Ciega. La dejé sola para salir a la Calzada a comprar cigarros. Cuando volví, la encontré nerviosa sentada en el borde de la cama. Había tenido un ataque de angustia al verse sola en una casa tan grande y antigua. Fumando como una condenada, me contó que a veces se alteraba mucho. Le venía ocurriendo desde que murió Mezclilla hacía casi tres años. Mezclilla era su novio. Murió de asma. La marihuana le hacía mucho daño, pero no dejaba de fumarla.

La abracé para consolarla y terminamos revolcados en la cama, haciendo el amor sin apenas quitarnos la ropa. Sólo me arrancó la camisa y dijo que le gustaba mi pecho. A mí ella me gustaba toda.

Tenía dieciocho años, uno más que yo. Me quedé con el temor de no haber hecho buen papel en la cama. A esa edad, un año basta para marcar la diferencia entre una mujer y un chama comemierda que se creía más hippie que Jimi Hendrix. Pero le gustó. Eso me dijo cuando terminamos y durante el viaje en guagua a su casa para acompañarla. Lo repitió luego cuando estábamos recostados a la cerca de alambres del acueducto y volvimos a hacerlo, esta vez de pie, de prisa y vigilando que no viniera nadie.

Regresé eufórico a mi casa, olvidado de todos mis problemas y esperando volver a verla. La alegría me duró poco. No habíamos tenido una oportunidad de volver a templar otra vez cuando me citaron del comité militar. Le tocaba el llamado a filas a todos los nacidos en 1956.

Estaba convencido que me darían la baja por miope. Acudí con esa esperanza al chequeo médico. Los doctores de la comisión nos revisaron, desnudos y en fila, como a ganado rumbo al matadero.

Me declararon apto para las FAR y allí mismo decidí que ni muerto iría al ejército. Siempre lo militar me cayó como una patada en el culo. No sé que me jodía mas, que me pelaran o verme encerrado en una unidad, sometido a la disciplina militar, aguantando órdenes y mariconadas.

Y así me vi una madrugada, dos días antes de la fecha del reclutamiento, tirado en la cama, embarrado de flema y vómito, embutido de pastillas y con el estómago inundado de agua.

No supe más hasta que al tercer día, como Cristo, resucité en el hospital.

Rosita me contó que había estado tan grave que no contaban conmigo. Ella se enteró por mi tía, al día siguiente cuando fue a mi casa. Sólo se fue de la sala de espera del cuerpo de guardia dos veces: una para pedir vacaciones en su trabajo y otra para ir a su casa a bañarse, comer algo y cambiarse de ropa.

Mi padre y mis hermanos, pasada la gravedad y dichos los correspondientes regaños, en especial por el tono contrarrevolucionario de mi carta suicida, volvieron a sus ocupaciones. Aunque no me entendieran, ya nada de lo que hacía los sorprendía. Me dejaron en el hospital, con mi mala cabeza y mis traumas, en manos de mi novia. Le habían pedido su ayuda para hacerme cambiar. Confiaban que el amor y el susto me harían recapacitar.

Vivimos en aquel hospital nuestra luna de miel. Mi novia se iba por las mañanas para el trabajo y regresaba antes de que oscureciera. Apenas iba a su casa. Decía que lo importante era que yo mejorara. Y mejoré rápido para disfrutar la más erótica temporada de mi vida.

En el cuarto no había más pacientes. Sólo había una cama. Las enfermeras eran nuestras cómplices. Se conmovían con lo jóvenes que éramos y lo enamorados que estábamos. Nos permitían fumar y oír música (McCartney, Led Zeppelin, Santana) en una pequeña grabadora Sanyo. Y hasta dormir juntos en la cama después que apagaban la luz y antes de que el médico pasara visita.

Me sentía ya mejor que en mi casa y hacíamos planes para el futuro cuando terminó la fiesta. Me vinieron a buscar una tarde lluviosa de abril. Me enviaron a Mazorra. Los psiquiatras decidirían si yo estaba lo suficientemente loco como para no ir al ejército.

—Aquí te arreglamos —me dijo un mulato gordo y bigotudo que apuntó mis datos, antes de que me dieran la primera tanda de sedantes. Y también la primera tunda cuando escupí las pastillas delante de la fila de enfermos que esperaban su turno para tragárselas.

—Yo no estoy loco, cojones, suéltenme—grité, mientras me llevaban a rastras hacia el pabellón enrejado.

La mente, que es sabia, vuelve a borrar los detalles. Sólo recuerdo que Rosita venía puntual a las 5, en tardes alternas, con lluvia o con sol. Lloró cuando vio que me habían rapado y me juró que no pararía hasta sacarme de allí. Sólo tenía que prometerle que no volvería a intentar matarme. Que nos quedaba mucho tiempo por delante para ser felices.

Mi familia logró que un alto oficial del ejército usara sus influencias para librarme de mis psiquiatras carceleros. Me hicieron prometer que pasaría el servicio militar y no jodería más. Por suerte nunca fui bueno en el cumplimiento de promesas, y pasé los meses siguientes huyendo de los boinas rojas o encerrado en calabozos hasta que logré la baja por psiquiatría.

Rosita se resignó pacientemente a su condición de novia de un prófugo. Nos veíamos en las tardes. La iba a buscar al trabajo. Caminábamos de la mano por La Habana Vieja, La Víbora o El Vedado. Si Madame Please tenía ocupado el cuarto con algún cliente extranjero, templábamos en cines que invariablemente exhibían películas rusas. Terminábamos la noche en casa de Isaac, nuestro Rachmaninov privado y la más regia de las pájaras habaneras, oyéndolo tocar la música de Michel Legrand. O en casa de Mario El Enajenado, sumido en sus problemas existenciales y sus búsquedas en el budismo zen.

No recuerdo quien se cansó primero. Ya libre del servicio militar, empecé a trabajar. Sólo me dieron empleo en la construcción. Nos veíamos menos. Una noche que la acompañé a su casa, me confesó que estaba saliendo con un español. Se llamaba Fernando, tenía cuarenta años y la iba a sacar del país.

—Pero siempre te voy a querer, sabes —dijo y me abrazó—. Tú me gustas mucho, tú lo sabes, pero no puedo más seguir viviendo así, yo me tengo que ir... pero donde vaya, siempre estaré contigo.

No nos vimos durante varios meses. Apareció por mi casa una tarde fría de fin de año. La depresión me comía. A ella también. Fernando andaba por Mallorca y no se sabía cuando volvería a Cuba, si es que volvería.

Me lo contó oyendo a Roberto Carlos en la grabadora, sentados en el piso, con la cabeza apoyada en mi hombro y bebiendo ron directo de la botella. No quiso oír «Detalles». Hasta ahí llegamos con Roberto Carlos. Me dijo que pusiera alguna canción que sólo hubiera oído conmigo. Tenía que ser Dylan, «Just like a woman». Encendimos un pito de marihuana oyendo «Like a rolling stone». Hicimos el amor con desgano, con un aire mareado y triste, mientras los Eagles nos daban la bienvenida al Hotel California la primera madrugada de 1977.

La próxima vez que nos vimos fue por El Vedado. Yo iba borracho como un perro. No le gustó que me hubiera dejado la barba. Me dijo que le preocupaba mi problema con la bebida. Le respondí que se preocupara por la que estaba por beber y me alejé hacia La Rampa.

La volví a ver a tiempo para invitarla a mi casamiento. Me dijo que se alegraba y creo que era sincera. Y en efecto, estuvo en mi boda. Terminamos celebrando con un grupo de amigos en El Elegante. Estaban tocando Felipe Dulzaide y Los Armónicos. Mi mujer no se molestó porque Rosita y yo bailáramos «Tenderly» bien apretados. Ni porque lloráramos como unos comemierdas cuando tocaron el tema de Casablanca y de pegueta, «Los paraguas de Cherburgo». Creo que sólo la pájara Isaac se dio cuenta. El sabía por qué llorábamos.

Al día siguiente, nos encontramos en la piscina del Hotel Nacional. Pasé allí la luna de miel. 1978, historia antigua. Todavía alquilaban a cubanos. Rosita llegó con Cecilia, una amiga común cuyo marido estaba preso por malversación. Ella creyó que por ser mujer de «un pincho» habían terminado sus problemas… Se equivocó la paloma, se equivocaba. Mi mujer se emborrachó tratando de convencer a Cecilia de que pronto todo se arreglaría, que era una locura la idea de casarse con un preso político a cambio de que la sacara del país después que cumpliera su condena.

Rosita subió conmigo a la habitación. Logré convencerla para que me acompañara a buscar una botella de ron que tenía guardada. Pasé el seguro a la puerta, la tiré en la cama, me mordió en el cuello e hicimos el amor con rabia y urgencia, como advertidos de que era la última vez.

El Mariel no dejó tiempo a despedidas. Para Rosita, era cuestión de vida o muerte irse sin mirar atrás. So pena de convertirse en estatua de sal. La sal de sus lágrimas. Por Mezclilla, por Mario y sus enajenaciones, por Madame Please, por mí, por Cuba. Por todo. Por la vida, que podía ser otra cosa.

Descubrió mi dirección electrónica de periodista independiente en una revista. Llenaba el tanque de su carro en una gasolinera de Coconut Groves.

Cuando me escribió creyó que los 26 años transcurridos hacían necesario explicar que ella era la pecosa de La Güinera que, allá por el 75, era algo más que una amiga en tiempos difíciles. Que recordaba mi casa vieja y los discos que oíamos. Los Beatles, Led Zeppelin, Roberto Carlos. Olvidó de forma inexplicable aquel de José Feliciano cantando «Light my Fire», «Daniel» y «California Dreaming».

Me contó que trabaja en una universidad, está divorciada y tiene un hijo de dieciocho años que además es su amigo. Se cuentan sus problemas, se dan consejos, van a conciertos de rock y fuman marihuana en noches que la necesitan para no reventar.

Desde hace unos meses nos enviamos mensajes desesperados que no hablan nunca de amor. No es necesario. Siempre faltan cosas por decir. Casi tantas como las que nos faltaron por vivir.

Trato de imaginarla como era entonces. Llegando con los rizos mojados por la lluvia a devolverme la esperanza. Fumando despacio, desnuda, recostada a la cabecera de mi cama. Preguntando, con su voz de siempre, si la samba de Santana era de veras para ella y sólo para ella. Con olor a manzana, la misma piel, las pecas en los hombros y el pelo sin tintes que disimulen las canas.

Ya le respondí que sí, que en Cuba a esto todavía se le llama gorrión y duele igual o todavía más que antes.

Son las seis de la tarde y oigo a Eric Clapton, «Layla», la versión original de 1971, mientras termino esta página y se me hace un nudo por dentro. La próxima semana, si no estoy preso, es posible que pueda revisar mi correo en alguna embajada. Sólo en ellas puedo acceder a internet.

Es una pena que esta historia de amor no tenga un final feliz. No lo podía tener. Ninguna historia de amor que se respete lo tiene.

2006

Una olla para la Conejera

El viejo siempre soñó con tener una familia unida. Lo consiguió. Después que enviudó, para evitar disputas por la casa, pasó la propiedad a nombre de sus tres hijos. El mayor ya se había casado. Los otros estaban en edad de casarse. La casa era grande. Había espacio para todos.

Antes de morir, les hizo prometer que, pasara lo que pasara, nada los separaría jamás. Luego murió con la tranquilidad de los buenos.

Tras su fallecimiento, la familia creció y se multiplicó. La casa se dividió y se subdividió. Paredes, tabiques, escaleras y barbacoas delimitaron los territorios autónomos de las nuevas familias de los hijos. Todos con una misma libreta de racionamiento. Con un acuerdo tácito de no desglosar parte alguna de la casa, el patrimonio de todos.

La cohesión familiar enfrentó airosa las sucesivas bodas, concubinatos, nacimientos, divorcios y nuevos matrimonios.

Se fueron añadiendo baños, cocinas y entradas independientes. Los vecinos bautizaron la casa como La Conejera.

La armonía familiar se mantenía en un precario equilibrio, sólo turbado por ocasionales peleas infantiles, borracheras, desacuerdos pasajeros y algún que otro altercado doméstico.

A veces las discusiones podían llegar a alcanzar la categoría de acalorados escándalos. Pero siempre todo se resolvía en familia. La paz duró en La Conejera hasta que aparecieron las ollas.

Llegaron al oscurecer, custodiadas por la policía, el delegado del Poder Popular, varios militantes del Partido Comunista y los trabajadores sociales.

Terminaron de repartirlas a medianoche. Era una actividad priorizada de la batalla de ideas. Además, no había en la barriada un sitio seguro donde guardarlas hasta la siguiente mañana. Ni siquiera la unidad policial parecía confiable.

Correspondía una olla arrocera eléctrica Liya por núcleo familiar. El jefe de cada núcleo, o sea, el primer nombre en la lista de consumidores de la libreta, recibió, previa presentación de la cartilla de abastecimientos y el carnet de identidad, una olla por el precio de 145 pesos. A pagar en el plazo de un mes.

Fue entonces que estalló la guerra en La Conejera. Ni el Rey Salomón la hubiera podido evitar. Ni su sabiduría podría decidir cuál de las tres familias se quedaría con la olla.

Como convocadas por el demonio, afloraron de un golpe todas las contradicciones acalladas durante años.

El mayor de los hermanos, el jefe de núcleo según la libreta, defendió con vehemencia su derecho a la olla. Los otros protestaron. Cómo la iba a coger él que era el de mejor situación económica, dijeron los desfavorecidos. Ellos tenían menos posibilidades.

—Por eso mismo —dijo el primogénito—, ustedes no tenían dinero para pagarla.

—Lo pedimos prestado —le contestaron—. Eso no es asunto tuyo. La necesitamos porque tenemos niños pequeños.

—A mí no me importa —respondió acalorado—, ¡jódanse! Hubieran estudiado como hice yo. La Revolución les dio la oportunidad de superarse, ¡si no la aprovecharon ahora cáguense en su madre! Necesito la olla y punto. Ya bastante tengo con tener que soportar a sus chiquillos malcriados, sus perros cagones y la chusmería de sus mujeres.

—¡Chusma pero no puta como la tuya que te pega los tarros, gordo maricón! —aulló su cuñada antes de recibir el primer puñetazo de la noche.

El segundo lo lanzó su marido. Directo al mentón de su hermano.

Cuando llegaron los policías, tonfas en mano y confiscando machetes y cuchillos de cocina, los cristales de las ventanas estaban pulverizados.

Ladrillos, restos de sillas, palos y botellas rotas cubrían el portal y la acera. Los llantos, gritos, ladridos de perros e improperios contra las madres de ausentes y presentes, incluidos Dios y Fidel, auguraban el fin de los tiempos.

Con los espejuelos rotos, el hermano menor, siempre sentimental, lloraba desconsolado e imploraba tranquilidad:

—¡Está bueno ya, caballeros, háganlo por la memoria de los viejos!

—¡Cállate, anda, comemierda, por eso siempre estás como estás! —gritaba su esposa, aferrada a la puerta del carro patrullero.

Regresaron de la unidad a media mañana. Algunos vendados. Todos multados por escándalo público. Entonces, llegaron a un acuerdo. Como siempre, todo se resolvió en familia.

El menor de los hermanos, siempre juicioso, halló la solución. Vendieron la olla arrocera. En 20 pesos convertibles o 480 pesos, no estoy seguro. Al comprador le pareció buen precio.

Con ese dinero, acaban de iniciar los trámites para oficializar ante la Dirección de Viviendas la división de la casa. Sólo así, cada familia podrá tener su libreta de abastecimiento.

Todos sienten pena cuando piensan en los difuntos viejos, ¡los pobres!, pero hay que ser prácticos y dejarse de sentimentalismos. El primogénito ya habla de buscar permuta para El Vedado.

Dicen que el trámite para desglosar es largo, engorroso y con mucho papeleo. Esperan terminarlo, si Dios quiere, antes que lleguen las ollas de presión.

Diciembre de 2005

El día que apareció Mijail

En la unidad, el policía de la carpeta que recogió la denuncia de la desaparición no les hizo mucho caso. Hacía calor y era un día malo. Tan malo como puede ser un día en una unidad policial de La Habana.

Simuló que los oía con atención, mientras jugueteaba con un bolígrafo sobre la plancha de granito gris que le servía de mesa. Su mente vagaba por otros rumbos. Tenía asuntos que atender más urgentes que la lata que le estaban dando estos dos mugrosos. ¿Qué importancia podía tener que un muchacho de veintitrés años, seguramente tan mugroso como los que decían ser sus hermanos, no hubiera ido dos noches a dormir en casa?

—Andará con alguna mujercita, compay, ya aparecerá —dijo el carpeta y apuntó de mala gana, por si acaso, el nombre y la dirección. «O se largó en una balsa», pensó para sus adentros.

Elio y Vladimir también pensaron lo mismo. El problema fue convencer a su madre cuando llegaron a la casa. Mijail había salido temprano en la mañana, hacía dos días, y no había regresado. La vieja no creía que estuviera con alguna mujer. No en la facha en la que salió de casa.

Mijail era el tercero de sus cuatro hijos, sólo un año mayor que Iván. Los dos que más guerra le daban. Siempre borrachos y con alguna bandida a cuestas. Eso, cuando tenían dinero. No se podía pedir más de ellos, decía. ¡Era tan poco lo que les había tocado! No tenían zapatos ni ropa decente, ni siquiera un cuarto. Uno dormía con ella desde que murió el viejo, otro en el sofá de la sala y el mayor en un catre.

Vladimir y Elio eran los mayores. Los dos trabajaban, y aunque no tuvieran mujer, habían sentado cabeza y se sabían cuidar.

Los dos hermanos dejaron a la vieja llorando y prendiendo velas a los santos, y se fueron al amanecer para el trabajo. Cuando llegaron, todos los camiones estaban para la planta de asfalto. Hasta cerca del mediodía, no regresaría el primero. Sólo entonces saldrían las brigadas de bacheo a trabajar.

Sentados en la acera, bajo un álamo, los obreros esperaban. La piel terrosa, la derrota en los ojos y las palabrotas en la boca. Tenían toda la mañana por delante.

Elio sacó las cartas del bolsillo de su overol, las barajó y comenzó el juego.

A las diez de la mañana, los dos hermanos habían perdido una caja de cigarros y todo el dinero que tenían. Siete pesos entre los dos. Hoy no era su día de suerte.

Vieron a Iván, el menor de sus hermanos, bajar la loma de Luz. Venía sudado, sin camisa y muy serio. Frenó su bicicleta junto al árbol y sin dar tiempo a que le preguntaran, dijo:

—Yo creo que Mijail andaba buscando ladrillos o recebo para el cuarto que quería hacer en el patio. Dice Papo que no le devolvió la pala ni el vagón. Mijail los tiene hace tres días.

—Coño, ¿y por qué no lo dijiste antes? —preguntó Vladimir—. Si se llevó la pala y el vagón, entonces fue a buscar recebo a la Loma del Burro. Vamos allá a buscarlo.

Nadie reparó en el jefe de brigada que recordaba que el camión del asfalto estaba al llegar. Elio lo fulminó con la vista, pero no le respondió.

La Loma del Burro quedaba a unos 600 metros. Varios obreros agarraron picos y palas y se fueron con los tres hermanos a buscar a Mijail. Unos por solidaridad, otros por entretenerse en algo.

Se dispersaron por la loma y empezaron a buscar. Por todos lados había excavaciones. Casi tantas como condones y papeles cagados. La gente abría agujeros en la roca de la loma para sacar el polvo amarillento que llamaban con optimismo «recebo». Lo empleaban para reparar sus casas o para venderlo, a 20 pesos el saco.

No tuvieron que buscar mucho. Cerca de un saco a medio llenar, había una camiseta roja. Empezaron a cavar por los alrededores. La peste les avisó. También el zumbido de las moscas.

Lo primero que apareció fue una rodilla. Enorme. Parecía que la hubieran inflado como a un globo. Embutida y violácea dentro del pantalón gris.

Iván se apoyó en un árbol y vomitó hasta que se sintió como si hubiera largado el estómago. Elio lo abrazó y empezó a llorar. Vladimir dijo que no cavaran más y avisaran a la policía.

No lo desenterraron hasta que vinieron los guardias, una hora después. Llegaron en un patrullero y una camioneta de Criminalística. Parquearon donde terminaba la calle y empezaba la hierba. Con órdenes secas y empujones, apartaron a los curiosos. Amarraron cintas amarillas alrededor del lugar. Un gordo apuntaba en un cuaderno lo que le decía un canoso alto y flaco, vestido con una bata blanca y con cara de estreñimiento.

Mijail, con el rostro hinchado y amoratado, parecía indiferente al alboroto. Tenía la pala al lado suyo. Estaba sentado dentro del hueco, la cabeza y los brazos apoyados en las rodillas. Cogiendo un diez. Se durmió pensando en las nalgas de Yamila y en los sitios a donde nunca pudo ir. Dormitaba, protegido del sol, cuando se desprendió el diluvio de rocas y tierra que lo sepultó. La carretilla no apareció.

Después que se llevaron el cadáver a Medicina Legal, Iván montó en la bicicleta y fue a avisar a la madre.

Vladimir y Elio regresaron al trabajo. Justo a tiempo para almorzar. Se sentaron en la última mesa del comedor, muy serios y con los ojos enrojecidos. Comieron rápido, sin hablar con nadie y sin apenas levantar la vista de las mugrientas bandejas de aluminio.

Después, salieron con la brigada a tirar asfalto. No podían
fallar. Si ellos faltaban, sólo serían tres hombres para hacer el
trabajo. Si se apuraban, antes de las cinco habrían terminado.
De todos modos, la autopsia demoraría y ya ellos no podían
hacer nada por Mijail.

Arroyo Naranjo, junio de 2007

Tiro de gracia

Los tragos ya no quemaban. El Turco añadió esta vez menos agua para rebajar el alcohol, puso a los Creedence en la grabadora y encendió otro cigarro.

—Coño, ¿no tienes otra musiquita por ahí, más suave, que se entienda lo que canten? —preguntó Julio mientras sentía que se le empezaba a dormir la cara.

Resignado, el Turco sustituyó a John Fogerty por Kenny Rogers. Era lo más suave que podía soportar un sábado por la noche. Todo por la visita. Le gustaba que la gente se sintiera bien en su casa.

Su mujer había invitado a Julio. Trabajaba con ella en el frigorífico. Era CVP. Convenía estar en buenas con él para poder seguir sacando pollos y carnes cuando Julio estuviera de guardia. El tipo era del Partido y tenía fama de ser cuadrado, pero habían hecho amistad. Sentían pena por él. Su esposa lo había abandonado. Se le había ido la mano en el zorreo con la rubita del almacén, treinta años menor.

—Bueno, dime, ¿cómo la estás pasando? —preguntó Luisa saliendo de la cocina con una bandeja de croquetas. Julio había cumplido años el jueves y ellos lo habían invitado a venir a la casa el sábado para celebrarlo.

—Mortal, esto es tremendo homenaje. Verdad que ya no hay gente como ustedes —dijo Julio, croqueta en mano y tomándose otro trago.

—Julio, dale suave no te vayas a emborrachar, que no queremos cargarte —advirtió Luisa.

—No, hombre, no, que me voy a jalar yo, venga alcohol, que yo no me mareo, ni me da por vomitar ni hablar mierda…

—¿Y cuantos años cumpliste, Julio? —preguntó el Turco sin demasiado interés, ya sin tema de conversación.

—Sesenta, aquí donde me ven...

—Coño, yo te echaba unos cincuenta cuando más.

—Sí, yo estoy entero. Me siento de quince —dijo mirando a Luisa de reojo.

—Ojalá yo llegue a esa edad como tú, porque yo le tengo un miedo a la vejez del carajo —dijo el Turco, fingiendo no notar la mirada de Julio a su mujer.

—¿Y qué edad tú tienes?

—Cumplo treinta y siete en septiembre.

—Ay, chico, cuando yo tenía treinta y siete me comía el mundo. Ahora es y todavía me lo como. Lo mío son las jovencitas. De cuarenta, ya son viejas para mí. Y respondo. La que me prueba, no me deja —y volvió a mirar a Luisa.

El Turco volvió a disimular, se empinó otro trago y dijo:

—Sí, pero yo no voy a llegar como tú... La gente de ahora estamos mal alimentados, con tremendo stress y tomándonos este alcohol... si llegamos será en silla de ruedas.

—Que tú hablas, muchacho. Tú no sabes la que se pasaba antes. Por eso, a mí hay que matarme por la Revolución. Con período especial, sin rusos, con bloqueo, como sea... Esta Revolución es muy grande. Lo único malo es que se le afloja la mano. Aquí hay que fusilar a unos cuantos singaos para que tu veas que se acaba la bobería y la gente no habla tanta mierda.

Fue entonces que el Turco puso en la grabadora un cassette con blues de B. B King.

—Quita eso, por tu madre, que da ganas de cagar —dijo Julio—. Oye, tú eres enfermo a la música yuma, en mis tiempos hubieras caído en la UMAP. Como le di patadas por el culo a tipos como tú.

Luisa volvió a la cocina y el Turco preguntó:

—¿Y tú fuiste guardia en la UMAP?

—Sí, me mandaron castigado por templarme a la mujer de un sargento. Fue cuando me sacaron del pelotón…

—¿Qué pelotón?

—El de los fusilamientos, en La Cabaña.

—¿Y tú fusilabas?

—No, yo era el que dirigía la escuadra y daba el tiro de gracia. Uno sólo, aquí, detrás de la oreja…

—No jodas, Julio, ¿cómo podías? ¿No sentías cargos de conciencia? —preguntó Luisa, de regreso con más croquetas en la bandeja.

—¿Y por qué no iba a poder? A nadie lo fusilaron por gusto. Todos eran unos singaos enemigos de la Revolución. ¿por qué no iba a poder? Si había una mujer que dirigía un pelotón y daba el tiro de gracia ella misma. Y buena que estaba. ¿Cómo no iba a poder yo? Por la Revolución yo hago cualquier cosa…

—Pero, ¿no te sentías mal, no te remordía la conciencia? —insistió Luisa.

El Turco, muy serio, con la mirada perdida, escuchaba «The thrill is gone».

—Mira, te voy a decir la verdad. Al principio me impresionaba. Luego, me llegó a gustar. Cosas de muchacho. Yo era muy jovencito. Gozaba con los que lloraban como unas putas, pedían perdón, a veces hasta se meaban del miedo. Otros eran gallitos y gritaban en el paredón cualquier mierda que se les ocurriera. Entonces me daba roña. Pero siempre me sentía poderoso. A veces, hasta se me paraba con el disparo. Ahí empecé a preocuparme y a pensar que eso no era normal. Aunque la verdad que a mí se me para de nada, con cualquier cosa…

Ya a sus ojos le era difícil enfocar a Luisa, que era a la única que miraba. El Turco había pasado de los blues a Ozzy Osborne. Totalmente ido de la conversación del otro hombre y su mujer.

—Manda pinga, con esa musiquita… Por tu madre, ¿no tienes algo de El Puma? ¿O de José José? Bueno, para seguir el cuento.

Fui a parar al psiquiatra, porque me mandó la jefatura. Yo no creo en nervios ni ninguna otra de esas mariconerías. Pero me alegró que me dieran de baja del ejército. Ya estaba cansado de la vida militar... Con permiso, voy a mear y tengo con qué...

Trastabillando, se dirigió al baño. Cuando salió, todo daba vueltas. Las guitarras eléctricas de la grabadora parecían tocar desde el fondo del infierno.

Luisa acudió a sostenerlo. Temía que se cayera. El la rechazó y deslizó su mano por su muslo:

—Oye, yo soy un hombre. El que tú necesitas...

—Suelta, Julio, qué coño te pasa. Mi marido te va oír...

—Ese es maricón, que me oiga, a mí que me importa...

El Turco regresaba del balcón en ese momento. A tiempo para escuchar a su mujer decirle a Julio que era tarde, estaba borracho, se estaba poniendo pesado y era mejor que se fuera.

—Sí, es mejor que me vaya, el lunes hablamos. Voy echando...

—No, mi socio, no te puedes ir así —dijo el Turco levantándose y apagando la grabadora—. Te voy a acompañar.

—No, qué cosa es eso, yo soy un hombre y voy por mis pies...

—Así no te puedes ir solo, yo te acompaño.

—Oye, que no, consorte —dijo saliendo por la puerta.

El Turco salió tras él. Lo recogió del suelo. Estaba sentado en el tercer escalón. Lo levantó por los sobacos, sin ceremonias.

—Vamos, cojones, camina y no hables más mierda.

—Oye, ¿con quién es eso?

—Contigo mismo, dale, camina.

—No, no, eso no es así...

—Oye, esto es como me salga a mí, camina, cojones.

Julio se apoyó en un poste y lo miró de arriba abajo.

—Oye, oye, ¿cómo es esto?

—Oye, esto es que tu eres un viejo chivatón, descarado y asesino...

—Mira, pelúo maricón, te despingo...

—Sí, ven, que tú lo que me vas a fusilar es la cabeza de la pinga…

El primer puñetazo lo tiró Julio. Perdió el equilibrio, pero no cayó al suelo porque su cara chocó con el puño del otro.

—Llévalo, que ese es el único piñazo que te voy a dar. Lo que tengo para ti es un repertorio de galletazos, porque tú lo que eres es una puta vieja —y le dio el primero de los bofetones anunciados:

—Vaya, para que respetes a las mujeres de los hombres.

El Turco parecía otro. Julio, arrinconado contra la pared de una bodega, también.

—Déjame, coño, que yo no te he hecho nada…

—Camina, vieja chivata, maricona…

Y los bofetones siguieron. Uno cada vez que cruzaban una calle. Hasta que Julio cayó al piso. Resbaló en su vómito.

Faltaban unos trescientos metros hasta su casa. Julio no se resistía ya, sólo se quejaba. La calle estaba desierta. El Turco lo condujo apoyado en su hombro hasta la casa. En la puerta, le metió la mano en el bolsillo, sacó la llave y abrió la puerta. A empujones, lo entró. Frente al televisor, volvió a caer. Desde el piso, le suplicó:

—No me mates, coño…

—No, quién te va a matar, si tú eres una puta —dijo el Turco mientras lo meaba minuciosamente: primero la cara, después enfiló el chorro hacia el bolsillo de la camisa—. Eso es para que tú veas que no todo el que se mea es por miedo a que lo fusilen.

Luego, le dio una patada en el culo, a modo de despedida, y se fue con un portazo.

—¿Algún problema, compañero? —le preguntó un hombre con brazalete rojo y linterna que hacía la guardia del CDR.

—No, ninguno, Julio, que se pone pesado cuando toma… Lo tuve que traer a rastras. Suerte que fue solo cuatro o cinco cuadras.

–Sí, el pobre, es tremendo compañero, pero está medio fundido desde que salió de las FAR.

–Ah, bueno, ya tú ves, no se puede coger lucha– dijo el Turco y se alejó rumbo a la calzada.

Agosto de 2006

Los tigres de Dire Dawa

Eran tigres, coño, que yo los vi. Nada de hienas ni chacales ni un carajo. ¿Quién dijo que en Etiopía no hay tigres?

Yo los vi cerca de Dire Dawa. Eran dos tigres, grandísimos, gordos y con rayas. Bajaron a tomar agua al manantial. Estaba oscureciendo. Nosotros estábamos a menos de cincuenta metros. Nos cagamos cuando los vimos. Rastrillamos los AK. Si se acercaban, hubiéramos comido tigre asado. No se acercaron. Luego nos dijeron que los tigres toman agua después que comen. Luego, se echan a dormir. Si no tienen hambre, no atacan.

Los tigres nos miraron con desprecio y desconfianza y luego se alejaron. Así mismo nos miraban todos en Dire Dawa: con desconfianza y desprecio. Los puñeteros negros no agradecían que estuviéramos a un recojonal de miles de kilómetros de Cuba peleando por ellos. Que hubiéramos ido a África a liberarlos.

Yo tenía veinte años. No me importaba liberar a África ni un carajo. Que coño sabía yo de etíopes, somalíes o eritreos. Vine por embullo, por la aventura y porque no me quedó más remedio. ¿Quién se atrevía a decir que no cuando te llamaban para una misión internacionalista? Además, ¿qué podía ser peor que la unidad? Luego supe que la guerra podía ser peor, mucho peor.

Los eritreos querían separarse de Etiopía. Peleaban como fieras y tenían armas rusas. Las mismas armas rusas que tenían los somalíes. No entendíamos ni cojones por qué si peleábamos contra el imperialismo, los negros nos tiraban y para colmo, con armas rusas. Las mismas armas con que vinimos a liberarlos.

Creo que los eritreos nos tenían inquina porque nosotros no creíamos en nada. Ellos eran musulmanes. Atrasados como el coño de su madre. Lo que acabó de joder la cosa fue cuando el ejército etíope les arrasó el cementerio.

Quedaba dentro de su perímetro defensivo y los rusos dieron la orden. Le metieron las excavadoras y las bulldozers. No valieron gritos ni protestas. De las tumbas, no quedó ni cojones. El reguero de huesos fue del carajo. Y no sólo de huesos. Mucho de los muertos estaban casi enteros, con los pellejos resecos y prietos. Casi igual que cuando estaban vivos. Aquellos viejos con los ojos vacíos, envueltos en sus jodidos trapos, parecía que iban a regañarnos por estorbar su reposo.

El clima es tan seco que no deja que se pudran los cadáveres. Impresionaba verlos. Se acordaba uno de las momias egipcias. Hasta niños había. Son los que más mueren allá. De hambre y enfermedades. Por eso fuimos los cubanos. Para liberarlos y acabar con la explotación. Pero los eritreos esos no agradecían ni cojones. Nos miraban con odio, como si nosotros fuéramos los culpables de lo que hicieron los etíopes con el cementerio. Aquello estuvo mal, los muertos se respetan, pero qué carajo, la guerra es la guerra...

De aquel cementerio mismo nos hubieran disparado. El enemigo tiraba con todo, de cualquier parte, cuando menos lo esperabas... Una vez, casi vuelan la refinería. Nosotros estábamos parapetados entre la refinería y el enemigo. Los cohetes pasaban que singaban por encima de nuestras cabezas. Si le llegan a dar a uno de los tanques de petróleo, todo aquello hubiera volado. Y nosotros también. Logramos joderlos antes. Le metimos un cohetazo a la lancha de donde tiraban y los descojonamos.

Allí no se sabía quién era quién. Te tiraban y nunca les veías la cara. Sólo las caras de los muertos. Pero eran pocas las veces que dejaban sus muertos atrás. Sólo encontrábamos rastros de sangre. Fue lo único que encontramos de un francotirador que nos tuvo sofocados él sólo toda una madrugada. Lo jodimos cuando empezó a aclarar, pero parece que el tipo escapó herido.

Cuando nos mandaron para el Ogaden, nos aburrimos de ver muertos. Morados, hinchados, reventando al sol en el desierto. Algunos con los brazos estirados, como tratando de agarrarte. Otros aplastados por las esteras de los tanques. Allí la bronca era con los somalíes, que apoyaban a los eritreos.

Lo peor era el clima. Un calor de pinga por el día y un frío que te congelaba por las noches. No sé ni que coño era peor, si el clima, la guerra, el hambre o la falta de mujeres. Uno con veinte años y sin mujer. Había etíopes lindas, de facciones finas, pero no había quien se les acercara por la peste y el miedo a las enfermedades.

Cuando volví a Cuba, sólo quería templar. Cuando aquello, no hacía falta tener dinero para ligar una jeva. Salías a la calle con veinte pesos, ligabas, te emborrachabas y te metías con la jeva en cualquier parte. El período especial lo jodió todo. Cuando empezó a ponerse malo todo, ya estaba con La Nena y habían nacido mis hijos. Ahora está gorda y se ha puesto vieja, pero era tremenda hembrota.

Oye, toma, no te limites, que la otra botella también va por mí. No hay más nada. ¿Quieres ver el diploma firmado por Fidel que me dieron cuando volví de Etiopía? ¿Ponemos a José José? Si no fuera por estos ratos...

No sé tú, pero yo no me adapto a ponerme viejo. Voy a cumplir cincuenta y uno, pero ya me estoy sintiendo los años... Yo que fui volcán, ahora soy un volcán apagado.

Porque para mí, te digo, fue muy difícil tener que dejar a Marlenys. Esa palestina me gustaba, asere, pero pedía mucho. Cuando no era un par de zapatos para ella, eran para el niño. Que si no había arroz, que si el aceite, que si cuarenta pesos para teñirse y veinticinco para arreglarse las uñas. Y si no la sacaba un fin de semana, ya tú sabes... Que va, mi hermano,

¿quien está para eso? Pero eran treinta y dos añitos, brother. Por poco me cuesta el matrimonio. Yo estaba ya casi instalado en su casa, pero tuve que retirarme con el dolor de mi alma, porque a mí esa jeva me gusta, para qué te voy a decir otra cosa… Una retirada a tiempo vale más que una derrota. ¿Qué iba a hacer? ¿Esperar que me pegara los tarros?

Estuve a punto de quedarme en la calle. La Nena se puso renuente. Me recogió las cosas un par de veces. El apartamento es de ella, pero yo soy el tipo, olvídate de eso. Además, soy el padre de sus hijos, ¿dónde va a ir que más valga? Después de la segunda luna de miel, le dio por engatusarme y ponerme cómodo. Aparte de los celos, sólo protesta por el problema de la curda.

Vete a volar a otro cielo, no tengo nada que darte, de tu alpiste me cansé… No quites a José José, consorte… ¿Qué quieres poner ahora?

Sí, yo tomo bastante. Sólo en nota me puedo espantar a La Nena. Se ha puesto muy gorda… es verdad que la costumbre es más fuerte que el amor. Tremendas tallas mete el maricón este de Juan Gabriel…

Ya no tengo edad ni dinero para buscar jovencitas. Y si la Nena me bota, no tengo para donde irme. No es fácil verse en la calle a esta edad…

Y sí, yo me siento bien, lo único jodido es que me tiemblan mucho las manos. No sé si es por la bebida o es que vine jodido de los nervios de Etiopía. ¡Que alcoholizado ni un carajo! Vaya, aquí está la otra botella… Un poquito para los ñampios… No, yo no creo ni un carajo, pero por si acaso… ¡Claro que es chispa! ¿Qué tú querías, whisky de la shopping? No jodas, métele.

Que no, qué lengua trabada ni un carajo, yo estoy bien así… Ah, pero ¿tú sigues con la jodienda de los tigres? Oye, que yo los vi en Dire Dawa. Sí, cojones, en Etiopía hay tigres. Y un hambre del carajo. Por eso fuimos a liberarlos. Para que no se murieran más los niños de hambre. Como los que vi salir de las tumbas. Los sacaron las bulldozers. Envueltos en trapos. Revolcados en el polvo. ¡Que reguero de huesos, consorte! Y los muertos enteros, como preguntando que coño hacíamos allí.

¿No sientes la peste? ¿Y las moscas? ¡Me cago en su madre! Por eso te digo que no me hables de Etiopía cuando estemos tomando. ¡Que borrachera ni un carajo, yo no estoy loco, hay peste a muerto y bien y un mosquero del carajo!

Toma, dale, métele y hazme el singao favor de no preguntarme más por los tigres, que ya te dije, cojones, que yo los vi en Dire Dawa...

Arroyo Naranjo, diciembre de 2007

Madame Please

Doblé la esquina y lo vi. El viejo edificio todavía sigue allí, erguido a duras penas. Los puntales lo mantienen en pie, agonizante en el corazón del Vedado. En medio de tanto desastre, como si quisiera no ser advertido, espera el día de la demolición.

En honor a la verdad, hace treinta años su aspecto no era mucho mejor. La fachada conservaba todavía algo de pintura amarilla, las grietas de las paredes no eran tan anchas, no había puntales.

Rosita me había esperado en Coppelia. Teníamos hambre, como siempre, pero no entramos a tomar helado. No me convenía exhibirme por el Vedado y que me vieran los boinas rojas. Me dijo que me hacía falta un buen baño y dormir. Apestaba y las ojeras me llegaban al pecho.

La noche anterior, la había pasado en casa de un amigo del Rafa, al fondo del Hospital Nacional. El Rafa me llevó para que no durmiera más en la funeraria. Yo estaba fugado del servicio militar obligatorio. Sólo me atrevía a ir a la casa para buscar ropa y comer algo, así que la idea me pareció muy buena. Rafa se quedó oyendo la música de la Baker Street conmigo para no dejarme solo. Se fue cuando no pudo aguantar más el sueño. Resultó que el dueño de la casa y el otro (un flaco bigotudo) eran maricones. No me atreví a dormir. No se lanzaron, solo hicieron insinuaciones, pero me pasé la madrugada en guardia, dándoles conversación y haciéndome el comemierda hasta que empezó a aclarar y me fui.

—Vamos para casa de Madame Please —me dijo mi novia—. Si está sola, allá te bañas, te cambias de ropa y nos quedamos a dormir.

Normita vivía en un cuarto del último piso. Los vecinos nos miraron con mala cara mientras subíamos por la empinada, retorcida y oxidada escalera.

Su habitación era pequeña, oscura y poco ventilada. Sus cuatro paredes estaban empapeladas con recortes de artistas de revistas extranjeras. Apenas había muebles: la cama, una mesa con dos sillas y un butacón. Olía a una rara mezcla de kerosén, cigarros, perfume francés, papas fritas e incienso.

—Bienvenidos a palacio —nos dijo en la puerta.

Era una rubia teñida, delgada, de unos veintitantos años. No era bonita, pero tenía buenas piernas. Asomaban soberbias por debajo de una camisa blanca dos tallas más grandes que la suya. Los pezones se le trasparentaban que daba gusto. No llevaba ajustadores. Fue en lo primero que me fijé. Lo segundo, que olía muy bien. Su perfume extranjero cosquilleó en mis cojones cuando me besó y me dijo Nice to meet you, baby.

Normita moraba a gusto allí. Se movía por el cuarto como una reina. Ajena al escándalo de los vecinos y a la estrechez del lugar. Decía que era su salón preferido del castillo. La posición del lugar, a menos de 200 metros de La Rampa, era privilegiada. El restaurante El Conejito y el club Scherezada estaban en la esquina. Eran sus sitios favoritos para pescar extranjeros.

Los extranjeros, en 1975, eran casi siempre marineros griegos o filipinos. Para escogerlos, procuraba que fueran atractivos, aseados, inteligentes, corteses y nunca de Europa Oriental. Tras varias cervezas y un poco de conversación, estaba lista para llevarlos a la cama.

—Pero esta noche me quedo con ustedes —dijo—, no todo es negocio en la vida. Hoy estoy para pasarla con mis amigos. Sí, niño, porque yo soy puta de extranjeros, ¿sabes? Por si esta no te lo advirtió. No te asustes, y ponte cómodo que estás en tu casa.

Todos la llamaban Madame Please. Hablaba inglés y algo de francés y tenía modales refinados. No se ofendía si sus amigos le decían puta, pero no se consideraba una puta. Sólo quería vivir mejor. No había tenido suerte en el amor. No se adaptaba a vivir dentro de los moldes de la Revolución. Eso era todo. No era poco.

Solía enamorarse de algunos de los extranjeros. Les era fiel mientras estaban en Cuba. Cuando se iban, esperaba ansiosa sus cartas desde Atenas, Argel, Manila o Barcelona. Confiaba en que un día alguno se casaría con ella y la sacaría de Cuba.

Cuando alguno regresaba a La Habana, vivía tórridos romances, sazonados de promesas para un próximo retorno. Norma no era exigente con sus amantes.

—No me gusta abusar —me explicó—. Sólo les insinúo con discreción mis necesidades y les digo lo que prefiero. Me contento con poco: un frasco de Channel, una blusa hindú, un jean americano, de preferencia Lee o Levi Strauss, unos cassettes (Elton John me mata), una cena en un buen restaurante o un fin de semana en Varadero.

Durante las malas rachas, vivía de la venta de ropa extranjera. Llevaba el negocio con suma cautela. Algunos vecinos la envidiaban. Esperaban que cayera presa o se fuera del país para reclamar su habitación. La denunciaron varias veces, pero la policía nunca pudo hallarla culpable.

A menudo, cansada de rodar por hoteles y playas entre un amante y el próximo, caía en profundas depresiones. Se sentía terriblemente infeliz. Alguna vez, hasta pensó en suicidarse.

—Pero nunca me atrevo. Atreverse a hacerlo es cruzar el límite que separa a los cuerdos de los locos. Y yo, loca no estoy, a no ser de la cintura para abajo…

Nos contó de ella después de comer, mientras bajábamos una botella de aguardiente Coronilla, con Roberta Flack en la grabadora. Sospeché que el discurso era conmigo porque Rosita, que era su amiga de muchos años antes de meterse a puta, sabía de sus andanzas casi tanto como ella misma.

Lamentaba las vidas que no pudo vivir, todo lo que no pudo ser. Pianista, bailarina, cantante, actriz… Culpaba a sus padres, a sus amantes, a todos y a todo, pero siempre acababa culpando al comunismo de todas sus imposibilidades y fracasos.

—Lo único que han hecho bien es resingarme la vida…

Nos quedamos dormidos los tres en la cama. Rosita y yo estábamos demasiado borrachos para templar. Madame Please no se despegó de nosotros ni un momento, como si fuéramos su último vínculo con la realidad y no quisiera perderlo, al menos esa noche.

Nos fuimos temprano, sin despertarla. Pasamos varios días sin volver. No había que abusar de su hospitalidad.

Era frecuente que la encontráramos encerrada en su cuarto. La música retumbaba. Teníamos que aporrear la puerta. No abría hasta que Rosita le gritaba que era ella.

Apoyada en el espaldar de su cama, fumando como una condenada, escuchaba cassettes de McCartney, Santana, Michel Legrand y Elton John en la grabadora Sanyo que le había traído Fernando desde Mallorca.

—No puedo contigo y tu depresión —le dijo Rosita—. ¿Qué coño le pasa ahora a la puta más perra de La Habana? Arriba, mi amiga, que llegó Liberación novena parte. ¿A que no tienes comida, va? Pues te traigo vino argelino, spaghettis, queso crema del Parque Lenin, cassettes de Led Zeppelin y Roberto Carlos y mucho que contar.

—Ay, Rosie, mi socia, tu eres mi ángel de la guardia, mi Samaritana *underground*. Estaba a punto de cortarme las venas…

—Ah, ya tú ves… búscame cuando no tengas quien te quiera…

Luego, nos emborrachábamos, haciendo planes que sabíamos que era muy difícil que se cumplieran jamás. La escena se repitió varias veces, con ligeras variaciones en el motivo de la depresión de Normita y la intensidad de las borracheras nuestras.

Una de esas fue la última vez que coincidimos los tres en casa de Madame Please. Regresé sólo. Me habían dado la baja del servicio militar por psiquiatría, estaba trabajando en la construcción y mi novia me había dejado por un español calvo que podía ser su padre y decía que la iba a sacar del país. A mí me comía la depresión.

—Baby, estabas perdido —me dijo, el mismo perfume y la misma cosquilla en los cojones—, se ve que ya puedes dormir en tu casa. ¿Cómo te va? Oye, cómo te ha crecido el pelo. Te queda bien la barba. Pareces un Chicago. Pero siéntate, que aunque buena falta te hace, ya no vas a crecer más...

—Nada, aquí jodido, Normita. Si no vas a salir, bajo a buscar una botella de ron, ¿te cuadra?

—Coño, siempre.

Cuando volví con la botella, puso en la grabadora el «Band on the run» de McCartney. Jet, uuuh, jet, uuuh, y arranqué con mi descarga.

—Oye, antes de que sigas, yo no tuve nada que ver con lo de Rosita. Ella no puede más con este país. Está loca por irse, lo que escogió mal el tipo. Ese no la va a sacar ni cojones. Aquí cada cual sabe lo que hace. Yo no le aconsejé nada. Nunca quiso putear y ahora se apeó con esto. Ella está metida contigo, sólo dice que tú eres muy fiñe para ella y que lo de ustedes no tiene perspectivas. ¿Y qué coño tiene perspectivas aquí?

Cuando la botella iba más de tres dedos por debajo de la mitad y en la grabadora Paul repetía las últimas palabras de Picasso («tomen por mí, brinden a mi salud, ustedes saben que ya no podré tomar más»), nos quitamos la ropa y le empecé a chupar los pezones. Caímos en la cama dándonos lengua por todos lados. Sus piernas rodeaban mi cintura cuando me empujó:

—No, coño, yo seré puta y tú me gustas con cojones, pero entiéndeme, yo no puedo hacerle esto a mi amiga…

Me fui con sentimientos de culpa, su perfume metido hasta el alma y un dolor de huevos inolvidable.

No volví a verla. Madame Please se cansó de esperar su príncipe azul, foráneo y casadero. Juró que no iba a envejecer en Cuba. Se fue por el Mariel en 1980. No vaciló para presentarse en una unidad de la policía y declarar:

—Anótenme ahí. Además de gusana, escoria y antisocial, soy puta, tortillera y todo lo que ustedes quieran. ¿Qué más tengo que decir para irme pal carajo de aquí?

Aquel discurso ante un par de policías fue el precio de su libertad. Hoy pasé por el viejo y apuntalado edificio amarillo y he vuelto a recordar a Normita. Me encaminé entonces al Conejito. Siempre tuvo la barra con las cervezas más frías de La Habana. Necesitaba con urgencia un par de cervezas por los viejos tiempos.

Un cartel en la puerta anunciaba que la entrada era sólo por parejas, en moneda convertible y no se permitía fumar. En la acera, dos jineteras adolescentes hacían carantoñas a un viejo en shorts, sandalias y camiseta del Che Guevara.

Antes de alejarme, volví la vista hacia el edificio de madame Please. Tal vez la próxima vez ya no esté en pie. Creí ver, en el último piso, mi vieja camisa de mezclilla azul, colgada en la tendedera junto a una blusa hindú. Por una ventan escapaban los riffs melancólicos de la guitarra de Carlos Santana en «Samba para ti». ¿O sería «Black Magic Woman»? De pronto, volví a sentir olor a incienso y a perfume francés. Y otra vez aquel cosquilleo.

Arroyo Naranjo, 2005

Mantilla blues

El abuelo murió por la noche y lo enterraron al mediodía.

–Déjenme tranquilo, coño, que yo lo que quiero es morirme –dijo cuando vio la ambulancia.

Se lo llevaron vomitando sangre.

Cuando llegó el padrastro del hospital y avisó que se había muerto, Luis Miguel veía la telenovela brasileña.

El muchacho no quiso ir al entierro. Pasó la tarde en el terreno deportivo. Era un campo rodeado por árboles de tamarindo, a un lado de la carretera, donde terminaba el reparto. Lo cruzaba una zanja de agua verde lechosa y medio pie de profundidad que siempre apestaba a mierda. Entre su orilla izquierda y los tamarindos, si alguien no le daba candela, crecía la hierba y se amontonaba la basura.

Era un buen lugar, no sólo para jugar pelota, football, beber, templar o pajearse. También para estar tranquilo y pensar, sin que nadie viniera a joder. Esa tarde nadie jugaba. Sólo estaban él y su perro. Al fin pudo llorar. En la funeraria no lloró. No quería que lo vieran llorar. Además, no le salían las lágrimas. No valía la pena. El viejo siempre lo decía: estaba cansado de pasar trabajo y vivir en la mierda. Todos lo dijeron: ya descansó.

Lo único que consolaba un poco a Luis Miguel es que el cuarto con dos camas que compartía con el abuelo ahora sería para él solo. Su hermana ya casi nunca dormía en casa. Andaba por ahí, en la lucha. Cuando venía, él tenía que dormir en una colchoneta en la sala. Cuando eran pequeños, dormían bien apretados bajo la colcha verde olivo llena de agujeros. No quiso más compartir la cama con él desde que lo agarró una madrugada botándose una paja.

Pensaba en todo eso cuando llegó Cristian. Tenía dos años más que él, pero eran casi del mismo tamaño. Incluso se parecían. Sólo que Cristian tenía la piel más tostada y el pelo un poco más rizado. No se notaba, porque los dos se cortaban el pelo bien rebajado.

Cristian se sentó a su lado sin hablar y le tendió la botella. Estaba por la mitad. Al segundo trago, le habló del negocio. Le hacía falta que lo ayudara a vender el maní. Del bueno, traído de Baracoa. Nada de hierba de parque ni un carajo. Se lo soltó Wampa, el del callejón.

—Con él no hay casualidad —le dijo—. Pero es mucho y me hace falta soltarlo rápido. El barrio está malo.

Luis Miguel no respondió. Sólo se empinó la botella.

—¿No te hacen falta unos pesos, chama?— dijo Cristian mientras enrollaba un pito. Para pegarlo, le pasó la lengua al borde del papel y luego se relamió los labios, antes de encenderlo—. Vaya, para que calientes los motores y no pienses tanto.

Luis Miguel aspiró hondo y se tragó el humo. Hondo, hasta los cojones. No le gustaba mucho fumar, prefería el alcohol, pero no le disgustaba la marihuana. Empezó a fumar el día que cumplió los catorce. Fue el regalo de Roberto Carlos, su mejor amigo desde la primaria. El humo ya no le daba picazón en la garganta. Lo ponía bueno y lo hacía reír. Para andar con Cristian y Roberto Carlos, había que fumar. ¿Qué iban a pensar, que él era un niñito comemierda?

Se fueron cuando empezaba a oscurecer. Recogieron la carga en casa de María La Soya. La Soya era la madre de Roberto Carlos. Una mulata achinada, de cuarenta y dos años, teñida de rojo. El marido llevaba cinco años preso por robo con fuerza. La mitad de la condena. Ya no lo visitaba en la cárcel. Lo suyo era buscarse la vida. María lo mismo vendía marihuana que picadillo. O echaba un palo por 30 pesos. Estaba un poco gorda, pero todavía conseguía clientes. Antes que se fueran, se la mamó a Cristian en el baño. Entró detrás de él cuando fue a mear. Luis Miguel no estaba hoy para eso. A ella, cualquiera de los dos muchachos le venía bien. No se templaba niños, pero la leche fresca no se puede desperdiciar, decía.

Esa noche se buscaron 80 pesos. Compraron dos pizzas y media botella más. Se la tomaron en el terreno y luego se fueron a dormir.

Dos días después, se llevaron preso al padrastro de Luis Miguel. Los tres policías y el presidente del CDR llegaron al amanecer. Luis Miguel se iba para la secundaria cuando tocaron a la puerta.

—¿Quién es el dueño de la casa que toca así? —gritó el padrastro, poniéndose el pantalón, antes de abrir.

Registraron la casa sin mucho entusiasmo y haciendo muecas, como si olieran mierda. Encontraron seis libras de carne de res. Se lo llevaron esposado. La madre de Luis Miguel lloraba y repetía: Ay, dios mío, verdad que las desgracias nunca vienen solas…

La marihuana estaba en el palomar, envuelta en dos bolsas de nylon. Allí no buscaron.

El sábado por la tarde, ya la habían vendido toda. Gastaron casi toda la ganancia esa noche. Cuando iban por la primera botella, Roberto Carlos habló por primera vez de su problema con Yuniel. Le había tumbado dinero en un negocio. Luego, empezó a regar que él había puesto a hacer tortilla a María La Soya. Estaba acomplejado. Juró por su madre que se lo iba a bailar. Nadie le hizo mucho caso. Siempre había problema con alguien. Por dinero, por jevas, por cualquier cosa. Cristian cambió el tema y propuso ir a buscar a unas putas.

La primera no hubo que buscarla. Vino sola. Cuando llegó, estaban solos en casa de Luis Miguel. La madre había ido al DTI para averiguar por su marido. Era una amiga de su hermana. Andaba buscándola, pero nadie sabía donde estaba.

Cristian, siempre rápido, se la llevó para el cuarto. Luis Miguel miró por un hueco en la pared de tablas. Vio poco. Sobre la cama, el culo prieto de Cristian subía y bajaba rítmicamente, las piernas de ella alrededor de su cintura. Se le puso dura, pero no valía la pena rallarse una yuca. Era mejor guardar energías para después. Salieron sudados, envueltos en una sábana y se metieron en el baño. La muchacha quedó en encontrarse con ellos más tarde en la casa de la cultura.

Cumplió. Llegó con otra amiguita, que enseguida empezó a darse la lengua con Roberto Carlos. Cuando llegó Luis Miguel con Yuleisy, la novia de Yuniel, ya la mesa estaba llena de latas de cerveza.

Luis Miguel fue a buscar a Yuleisy a su casa. Yuniel vivía con ella, pero se fue para El Vedado y no quiso llevarla. Ella estaba loca por coger calle. Luis Miguel llevaba un par de meses templándosela. A ella le gustaba Luis Miguel, decía que era un loco. No le importaba que fuera dos años menor que ella. Sólo se quejaba a veces de su peste a grajo. Pero eso, a veces. Otras, el olor agrio de su sudor la excitaba.

La primera vez, el padre de Luis Miguel lo cuadró todo sin que el hijo lo supiera. Sólo tuvo que pasarle dos fulas a Yuniel. Todos sabían en el barrio que, además de ser pinguero, ponía a su novia a putear, pero lo respetaban. Sabían que era peligroso.

La primera vez, Yuniel los dejó solos en la casa. La segunda, Luis Miguel se templó a Yuleisy con Yuniel delante. Pidió que lo dejara mirar, porque a él le gustaba ver a su jeva templando con otro.

—Asere, sin líos, esto es entre hombres. Nadie se puede enterar —fue la única condición que puso.

El lío empezó cuando Roberto Carlos lo vio llegar con ella. Luis Miguel fue a mear y Roberto Carlos fue con él.

—Asere, ¿qué tú haces con la jeva de Yuniel?

—Ná, ahí, estoy descargando con ella.

—Pero, ven acá, ¿él lo sabe?

—Asere, ¿tú eres policía o qué?

—Chama, tú estás loco. Te van a matar…

—Oye, ya, viejo.

—Oye, tú sabes que yo estoy en guerra con él. Cuenta conmigo para lo que sea. Pero ven acá, ¿a ti te interesa mucho esa jevita o la estás cogiendo para tus cosas?

—¿Y a ti qué pinga te importa?

—A mí me importa todo lo que sea contra Yuniel, consorte…

Terminaron todos templando en los matorrales. De lejos llegaba la música de la Charanga Habanera. Las hormigas y los mosquitos los picaban sin piedad.

—Vamos para mi casa —propuso Roberto Carlos—. La pura ya debe estar dormida.

Entraron sin hacer ruido. María La Soya dormía en el cuarto abrazada a un negro enorme. Los dos roncaban, desnudos. Parecían muertos. Roberto Carlos cerró la puerta del cuarto de su madre, les hizo señas para que entraran al suyo y se empinó lo que quedaba de la botella que había sobre la mesa. Siguieron la fiesta cerrados con pestillo y con la luz apagada.

Yuleisy se fue primero. Quería llegar a casa antes que Yuniel. Nadie la acompañó. Todos estaban demasiado en nota para acompañarla. Antes de irse, se agachó a mear en el jardín. Cuando se levantó, tropezó con el negrón de María. El tipo la agarró por el brazo. Ya tenía la portañuela zafada.

—Oye, tranquilo, que no quiero bateo entre hombres —dijo Yuleisy.

Se templó al negro, recostada a la cerca. El tipo se vino rápido. A ella le daba igual. Casi disfrutó. La excitó que la cañoneara un negro. Luego se fueron. Cada uno por su lado.

Cuando se fueron Cristian, Luis Miguel y las dos muchachas, La Soya seguía durmiendo. Dejaron a Roberto Carlos desmayado. Antes de irse, se tomaron un pomo plástico lleno de refresco gaseado que encontraron en el refrigerador.

—No, coño, no te lleves el picadillo, que eso es mariconá —le dijo Luis Miguel a Cristian.

Luis Miguel durmió hasta después del mediodía. No durmió más porque lo despertó la música del radio. Su hermana estaba en casa. De todos modos, el hambre no lo hubiera dejado dormir más. Algo le jalaba las tripas. La madre le preparó pan con tortilla. Terminó de comérselo en el inodoro. Tanta cerveza siempre le daba diarrea.

Cristian vino a buscarlo al mediodía. La amiga de su hermana los esperaba en la esquina. No quería que la vieran en la casa. Hacía calor. Buen día para ir a refrescar a la presa. Cuando llegaron, no había nadie por los alrededores. Cristian enrolló y prendió un pito. Se lo fumaron sentados en una piedra de la orilla, con los pies en el agua. Luego, nadaron desnudos. Cuando salieron del agua, se alternaron para templarse a la muchacha. Primero, ella no quería. Después preguntó por qué no habían invitado a Roberto Carlos.

Robert Charles apareció por la noche. Chifló por la cerca del patio para llamar a Luis Miguel. Venía con aire misterioso. Le dijo que tenía un negocio bueno, pero Cristian no podía enterarse.

—Se acompleja y se pone pesado, tú sabes que él no entra en volá de cuadros… Es un ganso que paga bien. Va a llevar a un extranjero. Quiere dos muchachos y una jeva. Yuleisy, tú y yo. Lo de ellos es mirar, volá de video y esa descarga, más nada…

—¿Y por qué tiene que ser Yuleisy?

—¿Y a quien tú quieres llevar? Oye, esto es de nivel, yo no voy a cargar con ninguna peste a culo del barrio… Oye, piénsalo, chama, métele moropo, que son 50 fulas por cabeza, más la bebida.

Logró convencerlo. Sería el miércoles. Luis Miguel habló con Yuleisy. Yuniel no podía saber nada. Menos todavía si Roberto Carlos estaba en el asunto.

El miércoles, Luis Miguel se bañó en casa de Roberto Carlos. Siguió sus consejos al pie de la letra. Bastante agua y jabón. Se restregó bien debajo de los brazos, para eliminar la peste a grajo. Se cepilló los dientes. Se vistió con ropa de su amigo. Recogieron a Yuleisy en la parada del camello.

La casa era en El Vedado. El maricón se parecía a Mister Bean. Los recibió envuelto en una bata de felpa. Cuando llegó el alemán, blanco y velludo como un oso polar, se quedó en trusa. El alemán también. Entraron a un cuarto y los tres muchachos se quedaron bebiendo whisky en la sala.

—Esto sabe a madera —dijo Luis Miguel.

—Asere, verdad que tú no sabes nada de la vida —respondió Roberto Carlos, y se quitó la camiseta.

El alemán salió del cuarto, puso un disco de Celine Dion y palpó el pecho y los brazos del muchacho.

—Coño, asere, qué lindo, la música del Titanic —dijo Roberto Carlos y se quedó en trusa.

—Ach so —dijo el plantígrado germano y le amasó los huevos.

Yuleisy había empezado a bailar y a quitarse la ropa. Movía la cintura en círculos y con el brazo derecho abrazaba un poste imaginario. Con la mano izquierda, se masturbaba despacio, la vista fija en Roberto Carlos.

Cuando Mister Bean los pasó al cuarto, esnifaron la coca. Suave, porque ellos no estaban acostumbrados. Después, cayeron en la cama. Los tres desnudos. Mister Bean y el oso blanco, los vasos en las manos, miraban desde un sofá en la esquina del cuarto.

—Mijo, esto es sin complejos —advirtió el Robert Charles a Luis Miguel. Lo sabía. Ya se le estaba pasando. No era la primera vez que lo hacía en grupo. Ver a los demás haciéndolo lo ponía loco. Los dos maricones eran la diferencia. Lo acomplejaban un poco. Sólo un poco. No era para tanto. La bebida y la coca ayudaban.

Se la metió a Yuleisy y ella se la empezó a mamar a Roberto Carlos. Se tragó la leche y se relamió. Le tenía ganas. No paró hasta que se le encaramó encima del pecho. El Robert Charles la penetró pensando que jodía a Yuniel. El oso y Bean se besaban.

Lo hicieron tres veces. Refrescaron con cerveza mientras se vestían. Luego, cobraron su dinero y se fueron. Cansados, en nota y cada uno con un billete de Franklin, calvo y cabezón.

—OK, thank you and good luck —les dijo el alemán en la puerta—. I love Cubans. I love Fidel and Compay Segundo… Cubans are beautiful people. Ach so. Petria ou muerrti, vincerremos…

En el camello, se sentaron en el asiento trasero. Yuleisy y Roberto Carlos hicieron el viaje abrazados, besándose y riendo. Luis Miguel dormía.

La tragedia empezó esa madrugada. Alguien le dijo a Yuniel que había visto, en la ida o la vuelta, a Yuleisy en la guagua con Roberto Carlos. Con otro lo habría perdonado. Con Roberto Carlos, no.

Yuleisy desapareció del barrio. La abuela dijo que volvió a Manzanillo. Fue después de la bronca con Yuniel. La vieja se despertó con los gritos. Se había vuelto a dormir después que abrió la puerta a Yuleisy. La muchacha le dio un billete americano que ella nunca había visto.

—Guárdamelo hasta mañana, abuela —le dijo antes de entrar en el cuarto.

Los gritos se oían en todo el vecindario. Yuniel era muy violento, pero la vieja nunca lo había visto así. Pensó que mataba a Yuleisy. La golpeaba como si fuera un hombre.

—Déjala, maricón, y vete de mi casa antes que te descojone —le gritó con el machete en la mano. Lo persiguió hasta la puerta.

—Piérdete de todo esto, puta, que te voy a matar. ¡Putaaa! —gritó Yuniel. Yuleisy le lanzó un ladrillo y chilló:

—Tú lo que eres maricón. ¡Yo me cago en la resingá de tu madre!

Roberto Carlos estaba hecho una fiera. Salió a buscar a Yuniel y no lo encontró. Tampoco halló a Yuleisy. Quería llevársela a vivir con él. La abuela le dijo que había ido para casa de una tía en Centro Habana porque tenía miedo que Yuniel cumpliera sus amenazas:

—Mira, lo que han buscado todos ustedes por estar atrás de la chiquita como una partida de perros ruinos… ¡Qué cojones te voy a dar su dirección para que sigan jodiendo!

Al final, logró convencerla. A la que no logró convencer fue a Yuleisy. Pasó horas hablando con ella en un parque de la calle Zanja. Le tenía mucho miedo a Yuniel. Decía que no quería buscar un problema entre hombres. Yuniel era capaz de hacer cualquier cosa. Le pidió unos días para dejar que se refrescara el ambiente. Luego, se iría a vivir a casa de Roberto Carlos.

El muchacho se lo contó a Luis Miguel esa noche. Lo fue a buscar cuando regresó de ver a Yuleisy. Le dijo que tenía que hablar con él. Se sentaron en un muro. Prendieron un prajo y lo compartieron. Halando fuerte el humo, sin dejarlo escapar. Desde la calzada, Mantilla era como un balcón a las luces de La Habana.

—Dime la verdad, de a hombre, ¿a ti no te importa que yo me quede con Yuleisy?

—Claro que no, asere, ¿por qué me iba a importar?

—Bueno, porque tú estabas primero con ella…

—Sí, pero yo te dije que aquello era descarga, más nada… Pero ven acá, ¿tu estás enamorado de ella o lo que quieres es joder a Yuniel?

Robert Charles decía que estaba enamorado de Yuleisy, que se quería casar y tener hijos con ella. Luismi no podía creer lo que escuchaba. No se atrevió a decirle lo que el otro sabía: que uno no se enamora de las putas. ¿O sí? En eso estaban, cuando después del segundo cigarro, el Robert Charles le habló de la pistola. Era una Makarov y la tenía escondida en casa de Cristian. María La Soya se atacó cuando la descubrió en su casa. Con la marihuana ya había bastante peligro.

—Era del puro. Se la escondí cuando cayó cana. Yo tenía trece años y le juré que no buscaría líos con ella, que sólo la usaría para un problema de moral. Y la voy a usar ahora, asere. A Yuniel yo me lo tengo que quitar del medio...

—Ah, ¿pero tú estás loco o qué? Ese tipo no vale ir para el tanque, ese es una rata...

—Es una rata, y por eso me lo tengo que bailar... Yo lo que quiero, mi hermanito, que pase lo que pase, que no se pierda la pistola. Yo confío más en ti que en Cristian. Él cuando está pasmado es capaz de vender a su madre. Nunca te dije nada porque eras el más chama de los tres, pero ya eres un hombre. Yo quiero entregársela al puro cuando salga. O que se la devuelvas tú si yo no estoy...

Luis Miguel le juró que se ocuparía de cuidar la pistola pasara lo que pasara. Al día siguiente, irían a buscarla a casa de Cristian.

No hubo tiempo. La policía llegó al amanecer a casa de María y Roberto Carlos. Venían buscando drogas. Trajeron los perros y una orden de registro. Lo viraron todo al revés. Dentro de una colchoneta encontraron la marihuana. Esposaron a Roberto Carlos. A María La Soya no se la llevaron. El muchacho dijo que la marihuana era cosa suya.

—Oigan, que él sólo tiene dieciocho años —argumentó en vano La Soya. Le dijeron que se lo llevaban incomunicado para el DTI. La mujer, llorando, se paró en el centro de la calle y gritó que se cagaba en la madre del que chivateó a su hijo.

—Porque yo sé, cojones, que esto fue un chivatazo de Yuniel. El muy maricón no tiene pinga para dar el frente…

Durante varios días, el barrio se llenó de policías. Registraron varias casas pero no encontraron marihuana, sino carne robada del frigorífico y antenas satelitales.

Una semana después, cuando Luis Miguel fue a avisar a Yuleisy, la tía de Centro Habana le dijo que la muchacha se había ido para Oriente.

—Se fue con su novio, que maneja un camión y vive en Manzanillo —le explicó—. Me dijo que le digan a Roberto Carlos que deje eso y no se busque problemas…

—Puta —pensó Luis Miguel.

Roberto Carlos nunca lo supo. Estuvo preso por poco tiempo. Al cuarto mes, lo mataron a cabillazos. Un oficial de la prisión le dijo a la madre que fue en una reyerta entre presos. Ella sabe que lo mataron los guardias.

Luis Miguel llegó a casa de Cristian a buscar la pistola, la tarde del primer día del año. Esa noche, había bailable en el cine. Anunciaron que iba a tocar Bamboleo.

—Dame la pistola —dijo entre dientes.

—¿Qué tú dices? ¿Te volviste loco o qué pinga te pasa?

—Que me la des, Cristian, cojones. ¿Para quién te dijo Roberto Carlos que era la pistola?

—Sí, asere, para ti, pero no para esto… aquello va a estar lleno de fianas, ¿para qué pinga tú quieres una pistola? ¿Para desgraciarte? ¿Estás muy apurado en irte para el tanque o qué?

—Oye, está bueno ya. No me puedo meter el singao día discutiendo contigo. La necesito hoy y ya. Es mía. Dámela. No va a pasar nada. Es por si las moscas.

Cristian la sacó del fondo del closet. Su padrastro era militar. Nunca temió un registro en la casa. Ahora sí tenía miedo. La mano le temblaba cuando se la dio a Luis Miguel.

—¿Para qué la quieres?

—Manda pinga, Cristian, ya te dije que por si las moscas...

Luis Miguel se metió la pistola entre la cintura y el pantalón, se acomodó la camisa y comprobó que no hacía demasiado bulto. Luego, sentado en la cama, terminó el trago que le trajo Cristian y encendió un cigarro.

—Voy echando. Ya tú sabes...

—Yo voy contigo —dijo Cristian, agarró la botella y salió con él.

Caminaron en silencio por la carretera. Sólo se pasaban la botella y se daban tragos largos. Había oscurecido y empezaba a hacer frío. Empezaron a discutir después del puente. Cristian quería virar y guardar la pistola. Trató de arrebatársela a Luis Miguel. Se entraron a golpes en el borde de la carretera.

—Dámela, cojones —decía Cristian.

—Acábale de dar el culo, yegua —le gritaron de un camión que pasó.

Fue entonces que rodaron por el talud. Era alto y muy empinado. Luis Miguel cayó en la tierra y se aguantó de la hierba. Cristian fue dando traspiés hasta abajo. Sólo lo detuvo la torre de alta tensión. Con un ruido seco, su cabeza chocó contra el poste de metal.

Cuando Luis Miguel llegó abajo, ya su amigo no respiraba. De la herida en la cabeza brotaba sangre y una masa gris.

—No, cojones —gritó Luis Miguel y lloró. Lloró porque Cristian era su amigo y porque nadie lo veía. Y si lo veían, no le importaba. Ya nada le importaba. No le quedaban amigos. Volvió a pensar en Roberto Carlos. Se lo imaginó tendido en un charco de sangre, en un pasillo del Combinado del Este.

La música se sentía varios cientos de metros antes de llegar al cine:

Qué clase de loco tú eres
Qué clase de loco más loco...

Luis Miguel entró en la plazoleta mezclado con un grupo de muchachos. Había policías en la puerta, pero no lo registraron. Su principal preocupación era que nadie entrara al bailable con botellas de cristal. Después de los operativos, el barrio estaba tranquilo. Los policías se meneaban con la música y hacían señas a dos muchachas que se contoneaban al ritmo del tumbao.

Olía a cebollas podridas. Luis Miguel creyó que era peste a grajo. Se olió. No era él. Por la mañana, un camión había estado vendiendo viandas y vegetales en la plaza donde, apenas sin barrer la tierra colorada, habían montado la tarima para que tocara Bamboleo.

Qué lástima,
Tenía un sueño y era de cristal
Quise conservarlo pero se rompió
Daría todo por no despertar…

Una muchacha lo miró y le sonrió. Luis Miguel le guiñó un ojo, se rascó los huevos y escupió. Entonces, vio a Yuniel. Vestido de blanco, risueño. Los dientes de oro brillaban en su sonrisa. Hablaba con otro tipo y una rubia flaca vestida de negro. Gesticulaba con una mano. En la otra, tenía un vaso plástico lleno de ron.

—¡Yuniel! —lo llamó Luis Miguel.

Quería que lo viera. Y Yuniel miró justo a tiempo para verlo sacar la pistola y disparar. Cuando cayó, le volvió a disparar. Las detonaciones se confundieron con los metales de Bamboleo. La rubia del vestido negro empezó a gritar. La música se detuvo.

Luis Miguel se apoyó en el muro y pensó en su abuelo. Recordó que cuando niño, quiso ser pelotero y jugar con Industriales. Viajar por el mundo. Dedicar sus medallas a su mamá y a Fidel. Le dio risa… Qué lástima, tenía un sueño y era de cristal… Qué lástima. No pudo ser. No sirvió.

Dos policías corrían por el medio de la plazoleta. Le apuntó a la cabeza al más alto y disparó. Una vez. Y otra más. Como en las películas americanas.

Arroyo Naranjo, diciembre de 2007

MICHEL

De haber sido hembra, le hubieran puesto Michelle, por la canción de los Beatles. Los dos querían tener una hembra. Son más bonitas y cariñosas, decían. Pero vino un varón. Largo, flaco y medio rubio. Como él. De todos modos, le pusieron Michel. Fue más fácil así. Michel es un nombre más conocido. Si hubieran tenido una niña, a la hora de inscribirla como Michelle, habrían tenido que deletrear el nombre para que, al escribirlo tal y como se pronuncia (era lo orientado) no faltaran las letras l y e.

Juanito era el tipo más fanático de los Beatles que he conocido. Más que yo, y eso es mucho decir. Para colmo, se llamaba igual que Lennon, así que Juanito se creía John y actuaba en consecuencia. Mala cosa ser fanático de los Beatles en aquella época en Cuba. Bastantes problemas nos trajo.

No le costó trabajo convencer a Marisela con lo del nombre del niño. No porque ella fuera muy aficionada a los Beatles, sino porque en aquella época hacía todo lo que él le pedía. Era un tipo que hablaba de cosas raras, tocaba guitarra, cantaba en inglés y pintaba pesadillas en azul, pero eso la fascinaba.

Eran lindos en esa época. Ella tenía ojos verdes que daban vértigo. Él parecía una estrella del rock. Hacían una linda pareja. No quieras verlos ahora, son dos sombras grises. ¡Verdad que la vida es del carajo!

Se conocieron en una secundaria en el campo en Pinar del Río. Los dos tenían veinte años. Trabajaban allí como profesores. Él de inglés, ella de matemáticas. Ella quería ser bailarina, él pintor. No les gustaba el magisterio, pero en décimo grado no tuvieron otra opción que no fuera el Destacamento Pedagógico. La Revolución necesitaba maestros, no había más que hablar.

La primera vez que hicieron el amor fue en una casa de curar tabaco. Era domingo y se habían quedado en la escuela de guardia. Marisela logró despegar a John de Alejandro. Era su mejor amigo, y también enseñaba inglés. Siempre andaban juntos. John creía haber encontrado a Paul. Se la pasaban componiendo canciones que invariablemente recordaban las de los cuatro de Liverpool, juntos o separados.

Después de almuerzo, Marisela logró tentarlo con el radio. Era un VEF, pero cogía bien la WQAM. Juanito agarró la guitarra y una botella de vino vietnamita y se fueron a la presa a matar la tarde y las ganas.

Luego, no se cuidaron de hacerlo donde y cada vez que podían. En la cátedra, el albergue, donde quiera. A Alejandro lo botaron por diversionismo ideológico y John puso sus barbas en remojo. Volvió a ser Juan. Por completo enamorado de Marisela. Cuando se casaron, ella tenía tres meses de embarazo. Se fueron a vivir con los padres de él, que de inmediato empezaron a buscar una permuta, porque ya no cabían en la casa.

Se mudaron de La Víbora para una casa más grande en Centro Habana, cerca del Malecón. Allí empezaron los problemas. Marisela se llevaba bien con su suegra, que decía que era una gitana y les seguía la corriente en todas sus locuras, pero la muchacha empezó a ponerse majadera con el embarazo. Dejó el trabajo. Los fines de semana, no soportaba ver a John pintando o tocando la guitarra. La mareaba y le ponía de mal humor la música que oía. Las visitas de Carlos, Luis y Alejandro la sacaban de quicio. Hablaban tanta mierda y ella con tantos problemas y necesidades sin resolver.

John, por su parte, descubrió que Marisela no lo entendía y que hablaba demasiado alto. El nacimiento del niño significó una tregua, pero duró poco.

Se separaron cuando el niño tenía tres años. Habían vuelto a mudarse para Marianao, siempre buscando una casa más grande. Pero ya la relación no daba más. Marisela volvió a casa de su madre, un cuarto con barbacoa en un solar de Lawton. John nunca dejó de darles vueltas y ocuparse de ellos hasta que se fue para Alemania. La RDA, claro, la comunista. Fue por un contrato del CAME. El niño tenía cuatro años y él había dejado la escuela.

Soñaba con traer una moto a su regreso. No pudo. Se tuvo que conformar con asomarse a otra vida. Para ello, tuvo que soportar un frío de pingüinos, aprender el alemán y trabajar en una fábrica como un esclavo. Del viaje, sólo le quedó un jean americano, un par de camisas, varios discos de rock y el recuerdo de una cena con velas y canciones de Neil Young, antes de irse a la cama con una chica de Berlín que no quería demasiado compromiso y menos con un cubano.

Cuando regresó, Michel había empezado en la escuela. Era un niño muy lindo y cariñoso, aunque la madre, cada vez que tenía una oportunidad, trataba de virarlo contra él.

Nos vimos poco en esa época. Vivíamos lejos y cada uno vivía su propia vorágine. Cada vez que nos encontramos, fue para contarnos desastres y darnos malas noticias. Como cuando supe que la madre de John había muerto. A cambio, le dije que me habían vuelto a botar del trabajo y me había divorciado otra vez. Íbamos en bicicleta y nos encontramos en Ayestarán.

La casa de Marianao no le trajo suerte a John. Hay casas así, que sólo traen salación. Allí murió su madre. Fue de repente, del corazón. Luego, su padre empezó a perder la cabeza. Se escapaba porque decía tenía que reunirse con el Comité Central. Por momentos, tenía breves chispazos de lucidez. Decía entonces cosas profundas y con mucho sentido. Pero sucedía sin antecedente lógico, fuera de contexto y justificación. Tuvo que ingresarlo en un asilo. Con el trabajo, John no tenía tiempo para atenderlo.

Por entonces, John tenía una mujer en Párraga y casi nunca estaba en casa. Michel ya tenía diecinueve años y empezó a pedirle la casa para llevar a alguna novia. A John no le hacía mucha gracia, pero sabiendo como son las cosas a esa edad, accedía a regañadientes. Sólo ponía como condición que no le tocaran sus cosas, especialmente sus pinturas y los discos. Al principio, no hubo problemas. La música y los cuadros eran lo que menos le interesaban a Michel.

Los líos empezaron cuando se encaprichó con una de las novias. La muchacha empezó a meterle en la cabeza que por qué no podían quedarse a vivir allí.

Michel lo habló con John. Este le explicó que él usaba la casa en sus ratos libres para pintar sin que nadie lo molestara. Los cuadros los vendía luego en la plaza de la Catedral. En casa de su mujer no tenía tranquilidad para pintar. Los muchachos podían usar la casa, pero John no iba a renunciar a «su espacio para crear», como él decía.

—Fue un egoísmo suyo. John siempre fue muy egoísta. Sólo pensaba en él. No lo perdono, coño. Yo lo quiero ver hecho tierra —me dijo Marisela cuando me contó lo que pasó.

Había entrado a comprar cigarros en un bar de La Víbora y me la encontré acodada en la barra. Los ojos, que ya no eran del mismo verde, nublados por el alcohol. La acompañaban dos tipos y una mujer, más borrachos que ella. Marisela quería convencerlos de que se tiraran las cartas con su madrina.

—Eso es lo primero que tienen que hacer si quieren quitarse el ossobbo —decía cuando logré escabullirme.

No sé cuánto más hecho tierra quería Marisela ver a John. Cuando lo volví a ver, parecía un fantasma. Su voz era otra. Estaba flaco, canoso y las muecas torcían su rostro. Una cicatriz cruzaba su frente. Fumaba como un condenado y las manos le temblaban. Se rascaba con furia. A veces, se sacaba sangre con las uñas. Tenía erupciones en la piel que el médico atribuía al stress.

—Todo fue por culpa de la puñetera chiquita —me dijo—. Quería quedarse con la casa. Le metió la idea en la cabeza a Michel, que estaba metido con ella como un perro. La madre también tuvo su parte. Desde niño, siempre le habló mal de mí. Aquel domingo discutimos duro. Yo estaba en el patio arreglando la bicicleta. Michel estaba muy alterado, parecía otro. Me dijo que teníamos que hablar antes que regresara su novia. Quería que le dejara la casa o que la permutara por dos para que le diera una a ellos. Cuando le dije que no, que por esta casa vieja lo que íbamos a conseguir era dos cucuruchos, y que no sabía si un día mi mujer me botaría, me dijo que yo era un egoísta, que nunca me había preocupado porque él viviera toda su vida en un solar. Nos fuimos acalorando. Él nunca me había hablado así. Empezó a gritarme que yo era un hijo de puta y un singao. Me cegué y le fui arriba. Agarró la llave de extensión y me golpeó con ella en la cabeza. Todo fue muy rápido. Perdí el conocimiento. Él pensó, cuando vio la sangre, que me había matado. Cuando abrí los ojos, lo primero que vi fue a Michel colgado de una soga en una esquina del patio. Corrí dando tumbos hasta el árbol para zafarlo, pero ya estaba muerto...

Michel tendría ahora unos veintiocho años. No quiero acordarme del asunto. No me gusta encontrarme a Marisela o a John. Por suerte, hace años no los veo. ¿Qué coño puede uno decirles?

Arroyo Naranjo, diciembre de 2007

Octavio es nombre de emperador romano

En el jardín sonaba la música de Glen Miller y olía a madre-selvas. Bailaba mejilla con mejilla con la mujer alta del vestido rojo. Aspiró su perfume Guerlain y sus muslos apretaron la pierna derecha de ella. Comenzaba a tener una erección, pero cuando fue a besarla lo despertó el dolor en la cadera.

La erección se convirtió en un insoportable deseo de mear. Los perfumes en una mezcla de olores nauseabundos. Alzó la vista al cielo y en vez de estrellas, su vista chocó con los desconchados y las manchas de humedad del techo del hospital.

Fue a pedir el pato para mear, pero la silla del acompañante estaba vacía. «Puñetero muchacho. Andará puteando por los pasillos con alguna enfermerita. O no vino el relevo a su hora y se habrá largado en su puñetera moto», pensó.

Al principio, dos oficiales de nombres bíblicos se turnaban en cuidarlo. Procuraban ser amables e inteligentes. Le hablaban de libros, comentaban la situación internacional y le daban ánimo. Dejaron de venir cuando vieron que la enfermedad se prolongaba. Los sustituyeron los dos jóvenes con nombres enrevesados y aspecto de matones. Sólo pensaban en comer, templarse a las enfermeras y largarse en cuanto terminara su turno de guardia. Porque no era otra cosa que una guardia. Velaban de mala gana a un pobre viejo en las últimas. ¿Para qué engañarse pensando otra cosa?

A sus gritos, vino una enfermera negra y de mala gana lo puso a mear.

—Ay, negrona, si te cojo en mis buenos tiempos —le dijo, o creyó que le dijo. De todos modos, la enfermera no le hizo caso y salió del cuarto, apresurada y meneando el culo, a reanudar el chisme o retomar el sueño.

—O a verse con el maricón médico de guardia que se la debe estar templando, porque sólo para eso sirven las negras —comentó con el acompañante o con la sombra que dormitaba en la silla.

Hundió su cara entre los muslos macizos, calientes y prietos, aspiró el olor acre y dulzón, y sintió en la punta de la lengua la cosquilla de los ensortijados vellos. La Mora, una negra de facciones arábigas del bayú de Marina, enviada por el Profeta, desde su dotación de huríes, para él, sólo para él...

—Las putas de Marina, el Diario de La Marina. ¡Que tiempos esos! ¿Se creerán de verdad estos tipos que no añoro aquella vida? ¿Que la cambié gustoso por servir a su revolución de chusmas, mediocres y mierderos? ¿Pensarán que acepto a gusto mi condición de chivato?

Ellos sabían que tenía miedo. Gozaban con el temblor de sus manos en cada entrevista. Los hacía gozar con su miedo, que en realidad, era mucho menos que el que ellos suponían. ¿Qué tiene un viejo que perder? ¿Una habitación alquilada, un montón de libros, un bastón, un gato?

Hablar un poco de mierda. Siempre hablar mal de los demás. Decirles lo que querían oír. Que fulano es un borracho y mengano, maricón. Oír lo que querían que oyera. Fingir que lo creía todo. A cambio le prometían homenajes y devolverle la mansión de su familia. Los honores se los podían meter por el culo, los reconocimientos no los necesitaba. La casa era otra cosa. El primer paso para volver a ser él. No Octavio ni una pinga. ¡Con su manía ridícula de los nombres bíblicos y de emperadores romanos! ¿A quién le temerían ellos? ¿Por qué la mariconería de esconder sus nombres?

A punto de volverse a dormir, cruzó el portal y montó en el carro. Bajar el Prado hacia el Malecón y coger izquierda hacia el túnel, atravesar Miramar, recto por Quinta Avenida hasta los cabarets de la playa… Las luces del Coney Island, El Chori, el Pensylvania, las mamboletas, Olga Guillot que imploraba Miénteme más, que me hace tu maldad feliz…

Era en Quinta Avenida pero no la casa de algún amigo. Ya para entonces le quedaban pocos. Lo llevaron en un carro ruso y le dijeron que sólo querían tener una pequeña conversación. A la tercera cerveza aceptó convertirse en agente de penetración. No tuvieron que insistirle mucho. Estaba muy viejo para ir a la cárcel, pero un asilo podía ser peor…

Lo malo fue que lo llamaron compañero. Que compañero ni un coño de su madre. Compañeros son los bueyes. Era un tipo superior y ellos lo sabían. Siempre lo fue. A caballo y con pistola al cinto, en la finca de Pinar del Río. En Madrid, París o New York. En la redacción del periódico, cazando faltas de ortografía y tratando de enseñar modales refinados y a escribir a esa recua de incapaces y atorrantes. Observaba irónico a los imitadores del japonesito pretencioso de los retruécanos espantosos, a los convidados de piedra del banquete lezamiano y al orfanato de poetas coloquialistas, consignatarios y sin musa. Atropellados con sus penas, que son tantas que por eso no los matan. ¡Infelices!

No se traiciona a los que son inferiores, sólo se los utiliza. Lo aprendió desde niño. Su padre se lo repetía y nunca lo olvidó.

Sólo tuvo reparos en vigilar al Grande. Llegó a ser su amigo, pero nunca un igual. Tenía talento para escribir cuentos, pero le faltaba clase. La Revolución lo sacó del campo, lo becó y lo hizo persona. Un personaje a la medida de estos tiempos: un palurdo talentoso con más de oso que de talento. Pero en el país de los ciegos, el tuerto es rey.

Nunca se atrevió a llevar al Grande al Parnaso. Allí no bastaba con proclamarse seguidor de Salinger o Faulkner o de la antipoesía de Nicanor Parra. Hablaba demasiada mierda cuando se emborrachaba, incluso antes de la Gran Desilusión.

El Parnaso era otra cosa. Al jardín de Dulce María Loynaz no llegaba cualquiera. Sólo los elegidos. Miró de reojo al maricón pinareño, siempre inoportuno e impostor, y apuró con resignación su taza de té, porcelana de Sévres 1913.

Empezó a leer un poema, pero en lugar de un alejandrino se le escapó un peo. Iba a bromear con el viejo de la cama vecina cuando recordó que había muerto ayer al mediodía.

Entonces volvió a sentir como si le resbalaran piedras calientes por el estómago y se acordó de sus hijos. Los vio por última vez hace treinta años en Lima, cuando aún no era la horrible y a él le permitían viajar. Luego de una charla en San Marcos, harto de whisky, en correría del puente a La Alameda. Les dijo que no se quería ir de Cuba. Fue su último viaje. ¿O el último fue a Moscú?

Iba a preguntarle al Grande cual fue el último viaje, pero recordó que estaba preso. Lo condenaron a veinte años. Por suerte, no tuvo que estar en el juicio. Su declaración la llevaron en un video. Lo filmaron con boina y camisa blanca, en una silla de ruedas, hablando mierda hasta por los codos. Todo por la casa de su familia. En la vida todo tiene su precio.

Algo le apretó la garganta. Pidió a gritos que le trajeran agua. Un vómito de sangre le impidió volver a gritar. No hizo falta. Todos acudieron en tropel: su padre, la enfermera negra, La Mora, los guajiros de la finca, todas sus mujeres, el Grande, sus hijos, el acompañante de nombre impronunciable y cara de matón, los oficiales de nombres bíblicos, Dulce María Loynaz, la rubia alta del vestido rojo, la sombra que dormitaba en la silla...

Vio tanta gente junto a la cama que supo que iba a morir. Sintió alivio. Sólo lamentó que ya no podría recuperar la casa de la familia Galarraga. Su casa.

Murió de madrugada. Lo enterraron a las 9 de la mañana, sin poemas, pero con honores militares. En las cintas de las dos coronas de flores rojas y amarillas, enviadas por la UPEC

y el MININT, no escribieron el apellido de su familia, sino
Octavio. Un nombre de emperador romano. Su nombre de
agente. El suyo, el verdadero, se extravió. Fue otra más de las
cosas que perdió.

Arroyo Naranjo, julio de 2007

Volver a hablar con Nelson

Esto sucedió cuando sólo los muertos reían, alegres por haber hallado al fin reposo.

Anna Ajmátova

Nelson: lo primero que supe de los cuentos de *El regalo* fue a través de Reinaldo Arenas. Lo leí en uno de sus libros, muchos años después de que te fusilaron. No estaba seguro de que el libro existiera realmente. Pensé que era otro de sus infundios. La Tétrica Mofeta, como todas las pájaras, era —tú que fuiste su socio lo sabes— bastante exagerado y chismoso.

Pensándolo bien, creo que me hablaste del libro alguna vez (¿el día en que nos conocimos?). Creo que fue en casa de Waldo, el pintor. Habían pasado ocho años desde que lo publicaron en Ediciones R. Eso era demasiado tiempo en aquella época, porque todo cambiaba muy rápido y siempre para peor.

Dicen que el que recuerda bien aquellos tiempos es porque no los vivió. Eso es cuento. Lo recuerdo todo.

El prodigioso rock que oíamos. Los 17 minutos de «Get ready», los 21 de «In a gada da vida», la segunda cara del *Abbey Road*... come on baby, light my fire...

A Pluto, Mezclilla, Mayito, Flower y al Plátano. Babi, Koyiro, Adys y las demás muchachas. Aparecían para salvarnos cuando ya nadie las esperaba.

También recuerdo las proezas que nos inventábamos, las tardes en la playa, las noches en El Vedado, el sabor del Coronilla… Pero lo que más recuerdo es que todos teníamos, además de hambre, mucho miedo. Miedo a que nos delataran al G-2. Que nos encerraran en Villa Marista o Mazorra. Que nos dieran electroshocks y nos jodieran la mente. Que confiscaran nuestros escritos y nunca llegaran a ser libros.

Todos soñábamos con escribir libros y que los publicaran, no sabíamos cuándo, cómo ni dónde. Tal vez por eso no te hice mucho caso cuando me hablaste de que ya tenías un libro publicado. También decías que tenías en una libreta tus experiencias en las UMAP y que escribías poemas, sólo te faltaba reunirlos para tener un poemario.

Nuestros temores no eran infundados. Todo lo que habías escrito se lo llevó la Seguridad del Estado, no sé si antes o después del problema del avión.

Pero resulta, Nelson, que casi 43 años después de su publicación en Ediciones R y 36 después de la descarga del pelotón de fusilamiento —que se confundió con el cañonazo de las 9 y por eso nunca creímos que te mataron, seguimos sin creerlo— tengo tu libro de relatos en las manos.

¿Qué decirte, chen, que no parezca un cumplido o suene demasiado sentimental? ¿Busco influencias de Kafka o Karel Čapek? ¿De Piñera o de Cortázar?

Sí, decididamente, la influencia es de Piñera, Virgilio sin miedo a confesar que sentía miedo frente a los mandarines con boina y pistola en una biblioteca que abría la puerta a cualquiera de los círculos del infierno.

Virgilio Piñera, proscrito e irremediablemente maricón. «Y a mucha honra», diría él. Con un paraguas negro en una mano y una jaba hecha de saco de yute en la otra (por si algo aparecía), bajándose de la 68 en La Lira y atravesando el portal, sombreado por las matas de mango, de la casa —que fue de Juan Gualberto Gómez— del Johnny Ibáñez. Con el cigarro encendido, preguntando ¿Se puede fumar, verdad?

Sabes, hoy Virgilio está de moda y es de buen gusto citarlo. También a Lezama. A los dos les saquearon las tumbas y los reivindicaron. ¿Y tú te asombras de algo todavía?

¿Para qué buscar influencias en tu libro? Son tus cuentos, con eso basta. En ellos te diste el lujo de ser dios y de ser tú. Fuiste dos a un tiempo y estuviste completo en cada parte. Como San Agustín. Casi al borde de la esquizofrenia, el mejor de los estados para escribir cuentos.

Nosotros nos desgastábamos escribiendo de redadas en El Carmelo, historias de amigos convertidos en chivatos, novias que nunca llegábamos a templarnos y campamentos de hambre, frío y mosquitos.

Tú escribiste cuentos del hombre, universal, vulnerable y desnudo. Ajeno a qué quedara dentro o fuera de la Revolución, ¿qué importaba? Ya lo sabíamos, ahora estamos convencidos –las ilusiones se fueron sin dejar dirección–: la Revolución fue y es la gran mierda.

No valía la pena, Nelson, pero tú, desmesurado y delirante que eras, no sabías de límites. ¿Donde coño pensabas llegar con una granada? ¿Qué hacías en aquel puñetero avión? ¿Dónde pinga querías ir?

Era tarde para llegar a París o San Francisco. ¿Por qué apurarse? Ya no había tiempo. La fiesta empezó y terminó antes que llegáramos. Para nosotros, siempre fue tarde.

Si no lo comprendiste en el paredón, olvídate de eso. Ya no tiene importancia. No te viste viejo (hasta Mick Jagger ya es viejo) y exilado, o lo que sería peor aún, domado y aplaudiendo en una mesa de la UNEAC.

¿Te digo que algo me aprieta el pecho? Debe ser que estoy fumando mucho últimamente. Son tantos los amigos que faltan que no tengo que echarte de menos particularmente a ti. Qué importa que estés muerto. Todos lo estamos un poco. Pero qué coño sabes tú, si hace años te libraste de tanta mierda.

Jesús me contó de tus últimos días en La Cabaña, antes y después que te trajeran de la enfermería, por lo de la hepatitis. Antes te curaron las quemaduras. ¡Mira que tomarse tanto trabajo para de todos modos fusilarte!

A Jesús lo conocí muchos años después. Estábamos trabajando en el campo como unos puñeteros aldeanos vietnamitas —tú sabes cómo es esto. Cuando vinimos a ver, una tarde, a la hora del almuerzo, estábamos hablando de la misma persona, que eras tú.

Jesús nunca creyó que te fusilarían. Pensó que tu padre te salvaría a última hora. Era un pincho grande del MININT. Parece que su influencia no dio para tanto. O —tú me perdonas— era tan singao como todos ellos.

De cualquier modo, estabas marcado para morir. Se te notaba. A veces te miré y tu cara se me emborronó. Te me ibas de foco, como si estuviera borracho. No le daba importancia. Tú sabes que soy medio cegato. Después supe, alguien me habló de eso, que era el ángel de la muerte que te pasaba por delante. No te rías, coño, que estoy hablando en serio.

Jesús guarda todavía el jarro plástico que dejaste sobre la colchoneta de la celda la noche que te vinieron a buscar. Pensó que te iban a soltar. Dice que algunas noches conversa contigo. No sé si te habrá dado mis recados.

Te cuento. A Waldo lo mató un borracho en una parada de guagua del Vedado. Le dio puñaladas hasta que se dio cuenta que ese no era el tipo. Bárbara estuvo presa en Manto Negro. Se fue y dicen que ahora es profesora en una universidad americana. Carlos también se fue, primero a Camaguey y luego a Miami. Al fin es escritor, un buen escritor.

Abelito, quien lo diría, es Ministro de Cultura. Le hizo una estatua a John —los Beatles se separaron, pero no se acabó la música— en un parque del Vedado. Sabe dios si eso lo ayuda a sentirse un poco mejor, ¿no crees?

El mundo cambió, Nelson, pero no como soñábamos. Cuba, a pesar del derrumbe soviético y de internet, sigue en una galaxia verde oliva y cerrada con candado. Ahora la ronda un cortejo de buitres danzantes. Todo es la misma mierda, y nosotros aquí, minerales sin suerte, olvidados por Dios y los relojes, esperando, siempre esperando…

Tal vez por eso, Nelson, no importa tanto si leí tu libro ayer o hace treinta y tantos años, si me hablaste de él en casa de Waldo o me enteré por Reinaldo Arenas y pensé que era otro de sus infundios. Qué más da. Al fin lo leí y vuelvo a sentir tu voz. La WQAM, con estática, de fondo… Oye, ¿esos son los Rascals o los Spoonfull?

Que bueno volver a hablarte, pero me estoy quedando dormido. Ya tú sabes. Tú a tu tumba, yo a la mía. ¿Que tal si nos vemos mañana a las once en el Cubanaleco?

Arroyo Naranjo, 2007

Las fotos veladas del Gordo

El Gordo fue el primero que me habló de las fotos de Robert Mapplethorpe. Fue en una cola para entrar en la Cinemateca, allá por 1979. Estaba fascinado con aquellas fotografías. Las había descubierto en una revista especializada extranjera que el azar había llevado a sus manos. Excitado, hablaba de sombras, ángulos y texturas. Decía que era exactamente el tipo de fotos que él hubiera deseado tomar.

Nunca las pudo hacer. No fue porque le faltara talento. La suerte, su época y su cámara rusa no lo acompañaron. Una opacidad, cegadora e indeseable, veló sus fotos.

Cuando descubrió el arte homoerótico del fotógrafo neoyorquino, ya había renunciado con tristeza a la fotografía artística. Tenía que mantener a sus padres jubilados.

En medio de su total frustración, hacía fotos de bodas y fiestas de quince. También retrataba recién nacidos y mamás sonrientes en salas de hospitales ginecobstétricos. Luego, repartía y cobraba las fotos a domicilio. Caminando o saltando de guagua en guagua. De un extremo al otro de la ciudad. A veces, un poco más allá.

No se resignaba a su destino. Decía que no soportaba la mediocridad. Había nacido con otras metas, sólo que en un lugar y un tiempo equivocados.

Soñaba con otra vida. Nunca nada había resultado como quería. Ni siquiera su cuerpo. De niño, se burlaban de él. En ocasiones, de un modo cruel. Cuando llegaba llorando a su casa, sus padres le decían que se fajara, que los hombres aprenden a serlo de pequeños. Sus padres nunca lo entendieron. El trabajo y las tareas políticas le ocupaban demasiado tiempo.

El Gordo sólo tenía a sus amigos. Compartía libros y discos con ellos, pero no se atrevía a ser sincero. Todos lo sospechaban, pero el Gordo no quería admitir que era homosexual. Le gustaban los varones en casi todas las tesituras y, un poco menos, sólo algunas de las actrices más bellas del cine europeo.

Sus amigos lo visitaban poco. Sólo podían ir cuando los viejos no estaban en casa. En esas ocasiones, el Gordo se ponía raro. Hacía sentir incómodos a sus visitantes.

Una noche, la policía lo recogió en El Carmelo. Entró a tomar té luego de un concierto de Eva Pilarova en el teatro de Calzada y D. Lo montaron a empujones, esposado, en un camión cubierto con una lona verde oliva. Lo acusaron de lumpen, desviado y exhibicionista. Pasó casi dos años en los cañaverales de Camaguey.

No le gustaba que le preguntaran sobre su estancia en las UMAP. Prefería hablar de arte, del budismo zen, retratar hippies por los parques de El Vedado y soñar con dirigir cine *underground*.

La última vez que me lo tropecé fue en la cola de un cine. Exhibían alguna buena película con muchos años de retraso. *Hair*, de Milos Forman, o *Cabaret*, de Bob Fosse. No recuerdo. Con premura, amanerado a ratos, siempre nervioso y tartamudo, me puso al tanto de sus nuevos hallazgos en la vanguardia artística.

Seguía haciendo fotos para vender, me contó resignado. De su vida hablaba poco. Lo necesario para que uno comprendiera de inmediato lo terriblemente infeliz que era y cuanto sufría.

En 1980, el Gordo no se fue por Mariel para no disgustar a sus padres. La ida de su único hijo los hubiera matado. Ellos eran revolucionarios, él era su único sustento. Aunque no entendían sus rarezas, lo querían regañonamente. Confiaban que acabaría integrándose a la Revolución. Esperaban que un día se casara y les diera nietos.

Cuando estaba en casa, el Gordo se encerraba en su cuarto a oír sonatas de Debussy y canciones de Queen. Era lo único que lo calmaba del ahogo que sentía, en el oscuro cuarto de revelado, entre las fotos de quinceañeras en poses ridículas, besos de novios, pasteles de boda y sonrosados bebés. Dicen que, a ratos, se lo oía sollozar en la habitación.

Estoy ahora ante la muestra habanera de Robert Mapplethorpe. Las 48 estupendas fotos de la exposición *Sagrado y profano*. Directas desde la Gran Manzana. Un bofetón a los sentidos.

Contemplo incrédulo los self-portraits, Thomas in a Circle, Ken y Robert, los retratos de Patty Smith, Susan Sarandon, Andy Warhol y Arnold Schwaznegger. Como en un sueño o una pesadilla, veo las fotos que no pudo hacer el Gordo. No porque no pudiera sino porque no se lo permitieron.

El gordo no pudo ver las fotos de Mapplethorpe en La Habana. Murió a los cuarenta y nueve años, en el verano de 1994. Lo encontraron atiborrado de barbitúricos, desangrado. Se había abierto las venas con una cuchilla de afeitar.

La tarde anterior había lanzado contra la pared del comedor su plato de sopa y le había gritado a sus padres que los odiaba. A ellos y a su Revolución. Que quería largarse. Si querían nietos, que los adoptaran porque él era maricón. Lo repitió, a gritos, tres veces, por si no lo habían entendido bien.

Si no supiera que está sepultado en el cementerio de Calabazar, juraría haberlo visto al salir de la exposición de Mapplethorpe. Con su cámara rusa Kiev, y su bolso gris, siempre lleno de libros, revistas y películas, cruzaba como reina que vuelve del destierro la Plaza Vieja rumbo a la Fototeca de Cuba.

2006

Olor a quemado

Cuando salí al portal, sentí el olor a hierba quemada. Últimamente siempre olía a quemado. No como el olor a café mezclado con chícharos que se siente en mi barrio por las mañanas bien temprano. Quiero decir a quemado. A comida quemada, a trapo quemado, a perro muerto quemado en la cuneta.

Eran casi las 9 de la noche. Casi todos estaban en el portal. Sentados en las sillas o en los muros. A la vista del guardia y del enfermero. Cogían fresco. Hablaban mierda. La mirada perdida no sé por donde. Como cada noche después de comer y antes de las pastillas.

Tuve que salir a buscar aire. No pude leer. Me dolía la muela. En el dormitorio había mucho calor y demasiados mosquitos. Farruco, en la cama de enfrente, con el sube y baja de la sábana, no podía disimular que se hacía una paja. ¿Quién cojones puede leer así? El libro tampoco me interesaba mucho. *El Tábano*. Se le quedó a alguien en el comedor. Nadie lo reclamó. Aquí nadie tiene cabeza para leer. Pero yo tengo que leer. Cualquier cosa, los periódicos viejos, lo que sea. Tengo que mantener mi cabeza sana. Es lo único que me puede salvar.

Afuera es lo mismo cada noche. Los mismos chistes, los mismos cuentos de mujeres. Míster Cowley canta «Pretty Baby» y ensaya un pasillo. Cuando se tostó, le dio por las películas americanas «de antes». Se cree Fred Astaire. Ladea la cabeza con gracia y estira el brazo derecho para tomar la mano de Ginger Rogers. Se supone que con la otra mano sostiene el bombín. O un elegante bastón. Es un viejo alto y flaco, pelado al cepillo. Su pelo gris pincha de mirarlo. Baila con una agilidad que sorprende en alguien tan viejo. Fuma como un condenado. Como Bogart, que es uno de sus dioses.

Aquí todos fuman como si el mundo se fuera a acabar ahora mismo y quisieran esperar el Armagedón envueltos en humo. Lo que más jode es que hay que esconder los cigarros. Fumar escondido. Hay que esconderse para todo. Para comer la mierda que te traen de la casa. Para pajearse. Para hablar mal de «esto».

Higinio se ve bien hoy. Hace días no cae en las crisis que coge cuando le falta la insulina. Entonces lo amarran a la cama y lo inyectan. Lo ponen a dormir enseguida. Pero hoy está bien. Está tan bien que tiene a Bertón dándole vueltas y babeándose de ganas. Mejor. Así me deja tranquilo a mí. No estoy para maricones.

Sentado en el suelo, en un rincón, Bernardo trata de sacar acordes a la guitarra. Siempre los mismos acordes. Algo de Los Brincos (¿o de Juan y Junior?) y «Smoke on the water». Sólo se le olvida que sabe tocar guitarra cuando le piden que cante en el acto de la víspera del 26 de julio. ¿Qué coño va a montar algo de Silvio si se le borró de la cabeza hasta cómo van los dedos en los trastes de la guitarra? Ni pinga, me dice. Sólo en mí confía. Yo en él, un poco. Lo suficiente para compartir los cigarros, hablar un poco de mierda, responderle acerca de la fiesta de los ñángaras —Seguro, man, ni pinga— y volver a confirmarle que Sí, man, claro que me acuerdo de los Grand Funk.

Pero esta noche no estoy para él. Me levanto y me alejo cuando empieza a cantar con una voz que da ganas de cagar. Tengo más ganas de largarme de aquí que nunca. La carretera está a menos de 200 metros. No sería difícil escaparme, ¿pero adonde iría?

Trato de no pensar porque es peor y me está apretando el dolor de muela. Camino hasta la enfermería a pedir una aspirina. Si hay aspirinas. Nunca hay nada y es de pinga para que te den alguna medicina. Sólo las pastillas que te ponen bobo. Si no te las tragas, te muelen a palos. Tengo experiencia.

Por suerte, esta noche está de guardia el Cordobés. El enfermero es un jodedor, el tipo me cae bien. Me manda a entrar, me brinda cigarros y nos sentamos a hablar. Es con la única gente que, si no está borracho, se puede conversar de algo que valga la pena.

–Guarda la aspirina para después y échate un trago –me dice y saca un pomo de alcohol teñido de rosado.

Le echan timerosal para que no se pueda beber, pero igual se lo toman. Empezamos a hablar de historia. Siempre empieza por ahí, para caer suave en lo que le gusta: hablar mal del gobierno. Nunca empieza él. Sólo te da cuerda. Despacito, como quien no quiere las cosas. Se interesa en lo que yo escribía antes que me trajeran para acá. Le digo que escribía cuentos y poesías y cualquier mierda que se me ocurriera. No creo que sea un chivato. De cualquier modo, no me importa. Ya no tengo nada que perder.

–Tú estás loco, asere –me dice.

–Bueno, eso mismo dicen estos singaos. Por eso estoy aquí. Sólo un loco puede no estar con su revolución.

Arroyo Naranjo, enero de 2008

La plañidera

Betty siempre fue una muchacha sensible y revolucionaria. La piel se le erizaba y los ojos se le humedecían con facilidad lo mismo con un poema de Benedetti que con una canción de Silvio que con un discurso del Comandante. Si sabré yo de sus ojos aguados en el cine con los Noticieros ICAIC en los tiempos en los que todavía algunos aplaudían cuando salía en la pantalla el Comandante.

Betty lloraba a mares, tanto en la Plaza de la Revolución como en la Casa de las Américas. Por el Che Guevara, Haydée o Víctor Jara. Por los vietnamitas o los palestinos. Por Allende o Ho Chi Minh. Porque los Diez Millones iban o bien porque no fueron.

A fuerza de tanto sentimiento y de invocar el deber, asustaba a sus enamorados. Se espantaban con sus lágrimas. Primero le tendían un pañuelo. Después, la abandonaban con cualquier pretexto. A veces, regresaban con cautela para comprobar, desalentados, que Betty seguía igual. Siempre tenía motivos para sufrir por la Revolución.

Fue así que se fue quedando soltera. Llegó a los cincuenta y siete años buscando un hombre sensible e «integrado al proceso», que compartiera con ella la vida y las tareas de la Revolución. Betty no se lo podía explicar. ¿Acaso era tanto lo que pedía?

Era, además de uno de los mejores expedientes, una de las más bellas del Preuniversitario de La Víbora. Decían que se parecía a una actriz francesa cuyo nombre olvidó. Tenía ojos inteligentes que brillaban a la vida, nalgas firmes, muslos como troncos y senos desafiantes. Citaba a Neruda y Benedetti, no se perdía un concierto de trovadores, practicaba deportes y era asidua en todas las actividades que orientaba la UJC.

Ganó el carnet de la Juventud Comunista poco después de cumplir los quince años. Hacía unos meses había perdido la virginidad. Fue una noche de sábado, con un profesor de química, en una vega de tabaco pinareña. Cumplía su etapa de escuela al campo durante 45 días.

Hicieron el amor de prisa y sin quitarse la ropa, arrullados por el zumbido de los mosquitos. Por los altavoces, Los Brincos atronaban el campamento cercano perdonando a alguien que no sé por qué razón había dicho adiós («sabes que sigo enamorado / y sólo pienso en nuestro amor…»).

El Profe, además de tartamudo, era un tipo profundo, apasionado y que leía a Cortázar, pero estaba casado. La muchacha casi enloqueció cuando una tarde nublada, en un parque de la calle San Mariano, el Profe le dijo que aquello había llegado demasiado lejos y que ya tenía que terminar. Antes de separarse, la besó y le recitó unos versos de Wichy Nogueras.

Pasó un par de años sumida en esa crisis, que se agravó con el golpe de estado en Chile. La sacó de la depresión Humberto, un muchacho flaco, miope y melenudo, que habían expulsado de la universidad. Era un par de años menor que ella y demasiado flaco y desaliñado para su gusto, pero se enamoró locamente de él. Tanto, que le perdonaba su afición enfermiza por el rock y las demasiadas frecuentes confesiones de sus desencantos con la Revolución. Betty incluso se propuso hacer con él trabajo político para sacarlo de su confusión, pero no le dio tiempo. Sus compañeros del Comité de Base la llamaron para advertirle que su novio era un tipo con serios problemas ideológicos que perjudicaría su futuro.

Tuvo que dejarlo y pasó meses deprimida. Lloraba a moco tendido recordándolo cada vez que escuchaba a los Beatles.

Nunca se olvidó de él. Dicen que ahora es periodista independiente. Los compañeros de la UJC tenían razón. Su pareja tenía que ser políticamente afín a ella.

Ya en la universidad, salió con algunos dirigentes maduros. La hacían sentir segura y superior. Los alternaba con pintores y escritores. Lo que más admiraba en un hombre era la inteligencia. Tenía la esperanza de que el talento artístico se trasmitiera como como se transmite una enfermedad venérea.

Como secuela de un aborto, no pudo tener hijos. Tampoco encontró un marido. Con el que pensaba casarse, un oficial de Tropas Especiales, fue a parar a la cárcel en junio de 1989.

Sólo consiguió entrar en el «medio» intelectual como directora de una casa de cultura. Durante varios años, apadrinó a un grupo de muchachos que tocaban guitarra, componían canciones y se esforzaban por escribir poemas. Trató de inculcar en ellos los valores del hombre nuevo. Quiso que compartieran su amor por la Nueva Trova, pero fue inútil. De sus instrumentos brotaban acordes rockeros. Cantaban estribillos quejosos y cínicos. Sus versos eran ininteligibles, lúgubres cantos a la desesperanza.

Betty solicitó la jubilación tan pronto llegó a los cincuenta y cinco años. Con frecuencia, lloraba de rabia e impotencia en su trabajo. Por las discusiones con tanto compañero confundido. Por las orientaciones que no se podían discutir. Cuando la llamaban cuadrada y extremista. Cuando se enteraba de que otro de sus muchachos se largaba en una balsa.

Su madre estaba vieja y enferma y necesitaba sus cuidados. Ahora dedica a ella casi todo su tiempo. El poco que le queda libre, lo dedica a las tareas de la Revolución. Las que le oriente el partido y el CDR: trabajos voluntarios, días de la defensa o recogida de materias primas.

Ya no llora con las canciones de Silvio o los poemas de Benedetti. Lo hace cuando se ve sola, con una casa que se cae a pedazos y sólo oscuridad en el espacio que debía ocupar el futuro.

No le alcanza el dinero de la jubilación. Se ve en graves aprietos para llegar a fin de mes. Se vio forzada a vender a un librero sus libros de poesía y su colección de acetatos de Silvio y Pablo, ahora casi reliquias.

Cada mes, vende la cuota de cigarros. La de ella y la de su madre. Adicionalmente, una amiga que trabaja en una cafetería le trae varias decenas de cajas de cigarros Criollos, para que los revenda. Le repugna y deprime caer en ilegalidades, pero hay que vivir. Es una de las pocas concesiones que ha hecho a los tiempos difíciles.

No tiene expectativas. No espera nada. El amor pasó de largo sin reparar que ella estaba en el andén. Sólo le queda la satisfacción del deber cumplido.

La patria no es quien llama de noche a su puerta, ¡ay Noel Nicola! Los que llaman, vienen a comprar cigarros. Por cajetillas o sueltos, a 40 centavos cada uno. Si está durmiendo, se levanta y atiende a sus clientes. Luego trata de recuperar el sueño donde lo dejó, algo sobre un poema de amor que hablaba de táctica y estrategia.

Arroyo Naranjo, julio de 2006

Swingin' Santa Amalia

Resplandece con la escarcha
La rana muerta, en cuclillas,
En la senda del jardín.

Richard Wright

Cuando Chamba entró en la nube algodonosa, sintió frío. Olía a éter y desinfectante. La luz que se filtraba por las hilachas le cegó. Se oían, cada una por su lado, dos trompetas. Sus sonidos, con sordina, parecían estar, como la luz, envueltos en algodón. Fraseaban caprichosamente dos melodías que a ratos se entrelazaban y se hacían una. ¿O serían dos radios que a la vez tocaban dos piezas de jazz de un mismo trompetista? Satchmo. Stormy weather y Saint James Infirmary Blues. Quizás por lo de la enfermería del viejo New Orleans, el dolor en el pecho o por la sangre que empapaba su camisa, Chamba descubrió que estaba en un hospital.

Entonces recordó que en la ambulancia, cuando se llevó la mano al cuello, ya no tenía la cadena con la trompeta. Después ya no pudo más mover el brazo. Sintió angustia. Tenía la mente puesta en marcha atrás, rebobinando… Primero fue el dolor. Su espalda chocó con un árbol. Se agarró la cadena. Con el otro brazo trató de parar el cuchillo. No le gustó la voz. Menos que lo pararan de madrugada, con unos tragos encima. «Puro, ¿me dejas encender un cigarro?», le preguntó un mulatico flaco de unos dieciocho años. Conocía su cara. Lo había visto por Mantilla. Siempre con otro grupo de muchachos, tan mal encarados como él. Tomando alcohol, buscando líos, oyendo a todo volumen aquel puñetero reguetón que no era música ni un carajo. «Puro, con el mayor respeto, ¿esa cadena es de oro?», le preguntó una vez. ¿Había sido él o alguno de los otros muchachos? Hoy en día, todos se parecen… Aquella noche lo miró de reojo y siguió su camino. No le dijo si era de oro. Que lo averigüe, que pregunte al Pata. ¿Qué coño le importa? Con el mayor respeto ni un coño de su madre… Chiquillos parejeros. Si estaban puestos para quitársela y se volvían locos, tendrían que matarlo. Eso, si antes no se llevaba a algún singao por delante.

Todo el mundo tenía que ver con la cadena y la trompeta. No porque fuera idéntica a la de Sandoval o a la del mismísimo Dizzy. En Mantilla y sus alrededores eran muy pocos los que sabían quien era Dizzy. Si acaso, sabían que Arturo Sandoval era un trompetista de los Irakere, «que tocaba de pinga y que se la había dejado a esta gente en los callos y se había ido pal Yuma». Lo que volvía locos a todos estos comemierdas, como si nada más importara, era el oro. Brillaba tanto cuando le daba el sol, que dolían los ojos y ardían de envidia y avaricia.

También tuvo envidia, hace veinticinco años, cuando vio por primera vez la cadena en el cuello del Pata. Tanta envidia que se enfermó. Estuvo dos días con fiebre. No se podía parar de la cama. Dicen que con tanto mosquito había un brote de dengue en La Habana. Deliró. Soñó con Elsa y con abuelo Ti Pierre. Elsa, linda y rica como siempre, con sus muslos de canela y los pezones de chocolate que atravesaban la blusa. Bailaban apretados. Se besaban y Billie Holiday cantaba en la victrola «Lover man» y luego, de pegueta, «Crazy he calls me». ¿En el Johnny Dreams o en el Two Brothers? Billie Holiday se calló cuando empezó el bateo, después Elsa regresó a la tumba. Entonces oyó los tambores de Ti Roro y su abuelo le volvió a hacer el cuento del rey Henry I y la Ciudadela que había en las montañas de Haití más de cien años antes de que Ti Pierre se fuera de Gonaives para irse a cortar caña en Camaguey. Los cuentos del abuelo siempre lo animaban. La fiebre empezó a bajar, sintió hambre y Shangó, desde el altar, le ordenó que se levantara de la cama. ¿Qué pendejada era esa de la cadena, la envidia, los mosquitos y el dengue? Al día siguiente, se trepó al andamio como si nada.

Si alguien merecía tener la cadena era El Pata. Si alguien sabía bien en La Habana quien era Dizzy, era El Pata. No lo iba a saber si luego de tantos años de escuchar sus discos (tocando con Miles, con Charlie el Bird, con Sassie Vaughn), tuvo la sorpresa de ver aparecer un día en su casa al mismísimo Dizzy Gillespie. Live in Santa Amalia.

Pata no se cansaba de hacer el cuento. Fue al mediodía. Llegó en un taxi y se paró en la puerta, con una bolsa de nylon llena de regalos. Como un risueño Santa Claus negro y mofletudo. Venía con Turi, con otro cubano con cara de policía y con un negro americano barbudo que hablaba español y sudaba como un condenado. El Pata estaba en la cocina, terminando de sazonar los frijoles. Por poco se cae de culo cuando su ahijado el Turi gritó desde la puerta Adivina a quién te traigo, Pata, y vio a Dizzy y supo que no le estaban corriendo una máquina. Gillespie dijo Aché, Salam Aleikum, hizo algún chiste en inglés y le dio un abrazo de oso. El Pata sólo atinó a decir: Ay, coño, man. Luego, Dizzy sacó de la bolsa dos botellas de whisky, mientras canturreaba «I never get back to Georgia». Viró un chorrito de bebida en el piso para los muertos, se tomó el primer trago y gritó ¡Manteca! Luego empezó a monear y hacer piruetas en el centro de la sala, como cualquiera de los bailadores del barrio, mezclando el tap y el jitterburg con los pasillos de la rumba y el guaguancó.

Así lo contaba El Pata. Mentiroso como carajo que era, nadie le creyó el cuento de que Dizzy estuvo en su casa, lo invitó a comer al Floridita, a una fiesta de santo en Centro Habana y a su concierto con Gonzalito Rubalcaba en el festival de Varadero.

Creyeron que se había vuelto loco o había fumado marihuana ligada con alguna cosa rara que le trajeron la blanquita y el pelúo que lo visitaban para vender e intercambiar discos.

Nadie llegó a la casa mientras estuvo Dizzy, ningún vecino lo vio. Pero el Pata tenía la cadena con la trompeta —de oro macizo decía— como prueba irrefutable de la visita de Dizzy. Se la regaló por ser, además de padrino de Turi, el mejor entre los mejores bailadores de Santa Amalia y uno de los tipos que más sabía de jazz en La Habana. Además, su madrina de santo era la hermana de Chano Pozo. Estaba viejísima y vivía en el solar del África, en Centro Habana. Con tremenda miseria pero con un aché del carajo. Sus seres eran para respetar. Cuando montaba muerto, hablaba en lengua lucumí y lo mismo se tomaba media botella de aguardiente de un tirón que se echaba al hombro al negrón más corpulento y jorocón del solar. Luego, volvía a ser la misma viejita infeliz que hablaba con un hilito de voz y apenas podía dar un paso sin el bastón de guayacán.

A los primeros que el Pata hizo el cuento de la visita de Dizzy fue a la Rubia y al Pelúo. Aparecieron con un disco de Miles Davis que los tenía locos. Se merecía un prajo y le pidieron permiso para fumar. Cuando se cansaron de repetir que Miles, Marcus Miller y Omar Hakim tocaban que era una barbaridad, empezaron a fajarse. La pareja se había separado varias veces, pero siempre volvían a empatarse. Entonces, se reprochaban sus infidelidades, como si hubiera modo de que pudieran ser fieles a otras cosas que no fueran los blues y el jazz. No se sabía quién pegaba más tarros a quién. Sospecho que ella ganaba en la competencia, enferma a la pinta como era, y con tantos negros alrededor (Chamba y el Pata incluídos) locos por las blancas. El Pelúo hacía lo suyo, pero siempre estaba demasiado en nota para andar templando mucho.

El Pata paró la fajazón: Ayer por la tarde Dizzy estuvo aquí, dijo. Más le hubiera valido no hacer el cuento. Se encapricharon en que El Pata los llevara a la fiesta en el solar del África para conocer a Dizzy. El Pata les explicó que sólo llevaría a los bailadores de Santa Amalia y a dos de sus ahijados. Ni siquiera invitaría a su jeva. No quería cargar con mucha gente, menos con blancos conflictivos. No quería ser tajante, pero se lo tuvo que decir.

—Coño, eso es una mierda, padrino —dijo el Pelúo.

—Padrino ni cojones, yo no tengo ahijados tarrúos, váyanse pal carajo.

De todas formas, la parejita se las arregló para aparecerse en el África el viernes por la noche. Llegaron con Caramelo, que se reía solo y traía los ojos colorados, y una trigueña alta con porte de tortillera. Llegaron primero que Natalia Bolívar, Miguel Barnet y Eusebio Leal, que nadie sabía si eran invitados especiales o se invitaron solos. Un chorro de policías y segurosos ya estaba allí. Los uniformados se quedaron en la calle. Los segurosos, que se notaba a la legua lo que eran, se regaron por el solar.

A Pata le gustaba recordar que Dizzy se gastó el dinero para que todo saliera OK y la gente se sintiera bien.

La Rubia y sus amigos dicen que no hubo tal fiesta ni tal Dizzy, sino que se vieron atrapados, con tremenda nota, en una redada de la policía. Y que no terminaron presos porque la Rubia y la trigueña con tipo de macho se templaron tres o cuatro policías en la unidad de Zanja.

Pata prefería no discutir el asunto. No valía la pena discutir con semejantes arrebatados. Él tenía la verdadera historia. Dizzy iba vestido de blanco. El Pata también. Fue la primera vez que lució en público la cadena. Dizzy le tiró el brazo por encima y lo llamó «mi brother de Santa Amalia».

—Y punto, monina, allá los envidiosos que no lo quieran creer...

¡Qué tiempos aquellos!, comentaba El Pata a Chamba en las noches de apagón del Período Especial. Sólo se podía hacer eso: hablar. En la oscuridad, no se veían ni las manos. A veces no había keroseno para encender las lámparas. El calor y los mosquitos no dejaban dormir.

No habían pasado diez años de la visita de Dizzy (que había muerto en 1993), pero parecían treinta. La viudez, el hambre y el chispa de tren habían convertido al Pata en un viejo flaco, que empezaba a arrastrar los pies y no podía disimular el desconsuelo.

Los dos amigos se ponían nostálgicos. Añoraban los viejos tiempos, como si hubieran sido realmente buenos. Cual si La Habana «de antes» hubiera sido el paraíso. Como si nunca hubiera existido la noche en que dos milicianos prendieron a Chamba al salir del Two Brothers. Andaban recogiendo chulos, putas y maricones, o la gente que se les antojara que lo fueran. Le encontraron un cigarro de marihuana en el bolsillo de la camisa. Le echaron siete años. Cumplió cuatro en La Cabaña. Los mayimbes lo llevaron pa' la loma, solía decir con ironía. Cuando salió, ya no ponían jazz ni ninguna otra música americana en la radio o en los bares. Ni siquiera a Nat King Cole cantando «El Bodeguero» en español. Fue difícil adaptarse. Por suerte, quedaban los discos de jazz del Pata. Luego lo enviaron dos años a una granja por la Ley contra la Vagancia. Después que salió, iba con Elsa a casa del Pata los sábados por la noche y los domingos por la tarde. Varias parejas se reunían para escuchar jazz y bailar, con las ventanas cerradas y sin subir mucho el volumen del tocadiscos. Era mejor no tener problemas con el Comité de Defensa de la Revolución.

Muchos años después, pudieron desahogarse y hablar de esos malos tiempos con una periodista de la televisión que quería hacer un documental sobre los bailadores de Santa Amalia. Les puso viejas películas de Lena Horne y Cab Calloway y preguntó como aprendieron a bailar el jazz y otras boberías por el estilo. Ella no quería buscarse líos. No quería que nombraran a Sandoval y al Bebo Valdés. Les rogó que ni mencionaran a Paquito De Rivera. Dime tú, ¡cómo hablar de jazz en Cuba sin mencionar a Paquito y las descargas del Johnny Dreams!

Con la gente de la TV, Chamba no habló de La Cabaña ni del tiempo en que tuvo que esconder sus collares y los santos. Tampoco habló de Elsa. Triste historia.

Chamba estaba saliendo con una blanca y la mulata se puso insoportable con los celos. Había perdido una barriga después que Chamba salió de la cárcel. Estaba tan pesada que pensó en dejarla. Estaba indeciso porque Elsa, a pesar de sus majaderías, le gustaba mucho. La segunda noche que no durmió en su casa, aquello fue en los carnavales del setenta, Elsa se dio candela. Murió 12 horas después en el hospital Calixto García.

Chamba no tuvo valor para verla en la caja. Hizo bien. Siempre la recuerda viva, la más linda de Párraga, bailando tan sensual y ligera como nadie. Imitando a la divina Sarah Vaughan con el tarareo de «somewhere over the rainbow» en su inglés inventado. Loquita, con los ojos chinos… Chamba siempre tiene un vaso de agua puesto por el descanso de su alma y para que lo perdone.

La blanca no siguió con él. Estuvo más de un mes sin ir por su casa. No quería verla. No tenía ganas de estar con ninguna mujer. Le remordía la conciencia. Ella no lo buscó. Cuando apareció, le dijo que tenía otro, que no volviera, que si no se veía muy negro y muy feo…

–¡Puta de mierda! ¡Hija de puta! ¡Fue por tu culpa, cojones! –gritó y asustó al médico y a la enfermera con el grito que estremeció la sala de terapia intensiva.

–¿Qué pasó, nagüe? –preguntó un policía desde la puerta del salón.

—Tranquilo, Bobby, tranquilo, es el viejo de las puñaladas —contestó la enfermera y le guiñó un ojo.

Después tuvo otra mujer. Duró casi diez años con ella. Se fue por el Mariel, sin avisar ni despedirse. Fue entonces, cuando ya tenía cuarenta y nueve años, que recogió a una muchacha de diecinueve que venía de Jiguaní. Cuando lo dejó por otro, ya tenía más de cincuenta y cinco. No eran tiempos buenos para mantener a una mujer y decidió que sería mejor, cuando tuviera ganas, pagar una puta. Era mucho más económico y sin complicaciones. A veces eran comprensivas y se hacían las enamoradas. Una bayamesa que le recordaba a Elsa, o la Rubia, que ya no era una muchachita ni andaba con el Pelúo, lo acompañaban a casa del Pata y luego de unos alcoholes, bailaban y se dejaban besar y sobar las nalgas al compás del jazz. Uno iba a la cama luego con bastante deseo e inspiración.

Todavía se mantenía en forma, sólo que mucho más flaco y tratando de disimular con una gorra negra, estilo bolchevique, que empezaba a quedarse calvo.

Fue una noche de apagón que hablaban de apuros económicos (otra vez más) que Chamba quiso comprarle la cadena al Pata. Contaba con el dinero de un parlé que se había sacado. Su amigo abrió los ojos y exclamó:

—¿Estás loco, Chamba? Me la regaló Dizzy. No la vendo, asere, ni aunque me esté muriendo de hambre.

El Pata no se murió de hambre, sino de cáncer, varios años después. Diez después que Dizzy, para ser más exactos. Murió cuando mejor estaba. A medida que apretaba el período especial, iba más gente a tirarse los caracoles, a hacer iyabó o a encargar trabajos para irse del país.

Cuando el médico le dijo que le quedaban meses, repartió sus santos y los discos de jazz entre la Rubia y uno de los bailadores de Santa Amalia. Luego, mandó a buscar a Chamba y le regaló la cadena.

—Cógela. Nadie se la merece más que tú —le dijo.

—No, coño, pero así no, tú te vas a poner bien, ya tú verás que hay Pata para rato...

—No comas mierda. Yo estoy jodido, Chamba. Oye, sólo quiero que la cuides, aunque no sea de oro...

—¿Cómo que no es de oro?

—¿Qué cojones oro, Chamba?

—Pero, ¿no la trajo Dizzy? ¿No es verdad que Dizzy estuvo en tu casa?

En ese momento, el Pata empezó a toser y a escupir sangre. La Rubia y el Chamba lo ayudaron a llegar a la cama y lo acostaron. Ya no habló más. Lo tuvieron que ingresar. Estuvo dos días en coma. Murió la víspera de San Lázaro.

—Muchacho del coño de tu madre, suelta mi cadena. Es de oro, cojones, y la trajo Dizzy Gillespie. Díselo tú, Pata, para que no coma más mierda...

—¿Pero qué pinga habla este negro, compay? —protestó el policía—. Lo mismo grita que canta en inglés. ¿De qué cadena habla? ¿Qué dice, dici, qué es eso, nagüe?

—Estará hablando en inglés... Yo qué coño sé —respondió el otro policía, que estaba entretenido con los muslos y las nalgas de la enfermera, cuando trajeron a toda velocidad dos camillas, precedidas por más policías.

—¿Y ahora qué fue, nagüe? —dijo el primer policía, compartiendo su atención entre los gritos del viejo, las dos camillas, las caras patibularias de los dos heridos (un mulato y un negro, casi adolescentes) y el reguero de sangre que iban dejando en el piso del cuerpo de guardia.

—Dos muchachos se tasajearon a machetazos en La Palma por una cadena de oro que arrebataron a un viejo en Mantilla —explicó otro de los guardias—. Lo más jodido es que la cadena no aparece. Tenemos un chiquito en la unidad que dice haber visto que se la llevó un negro gordo canoso, bien vestido, que hablaba con acento extranjero, daba brincos y gritaba ¡Manteca!

—¡Mi cadena, cojones! —gritó el Chamba.

Gastó sus últimas fuerzas en el intento de hacerse escuchar. Dentro de la nube, aumentó el frío y la oscuridad. El sonido de una trompeta que tocaba «A night in Tunisia» se alejó despacio hasta apagarse. Se fue en fade, hubiera dicho el Pata…

Arroyo Naranjo, diciembre de 2008

CASA CON PUNTALES

Los puntales para sujetar el techo los trajo, en un camión ruso, una brigada de cuatro hombres de la ENMIU. Una semana antes, tras varios días de aguacero, se había desplomado la pared del fondo del baño. El techo de viga y losa quedó milagrosamente suspendido en el aire, apoyado en los mochos de pared que quedaron en pie.

Era de madrugada y el estruendo fue como si hubieran llegado los bombarderos americanos (por aquellos días llenaban el país de huecos para hacer refugios porque decían que Reagan estaba a punto —ahora sí— de ordenar que bombardearan Cuba, Nicaragua y a todo el que se metiera por el medio).

Los escombros cayeron en el patio de la casa de abajo. Los vecinos gritaban aterrorizados. Bajé a la carrera porque pensé que habían aplastado a alguien. En cuanto amaneció, los ayudé a sacar los escombros para la acera. Luego nos fajamos por repartirnos los ladrillos que quedaron enteros. Ellos los querían para venderlos, yo para volver a levantar la pared. Fue la primera de las broncas que tendríamos en lo adelante. Las próximas fueron porque cuando llovía, de tantas goteras, si no secaba todo enseguida goteaba a mares en casa de ellos. Una vez que llovió duro y no estaba en casa para sacar el agua y secar el piso, cuando llegué el tipo de los bajos me partió para arriba con un cuchillo y tuvieron que aguantarlo —y yo forcejear duro— porque me quería matar.

Después que se cayó la pared, desde el baño se veían, a sólo unos metros, las azoteas de los solares aledaños. Y desde ellas, el baño. Para no cagar y bañarnos a la vista del vecindario hubo que colgar una sábana y una manta de nylon. Todo tiene sus ventajas: en el baño hubo más fresco y claridad, al menos hasta que volví a levantar la pared. Como pude, con ladrillos viejos y mezcla hecha de escombro cernido.

Pero para entonces ya habían traído y colocado los puntales. La casa fue declarada «inhabitable no reparable». Nos llenaron los papeles para el albergue, pero nunca fuimos. Sabíamos que como no éramos gente «integrada» no podíamos ni soñar con que nos dieran casa. Y no estábamos dispuestos a podrirnos en un albergue apestoso y lleno de piojos hasta el día del juicio final.

Los puntales que colocaron en el comedor, la cocina, el baño y uno de los cuartos lucían horribles: daban una sensación de miseria que partía el alma, acumulaban polvo y robaban espacio.

Pero lo peor fue cuando los Viejos Difuntos empezaron a tropezar. A medianoche se sentían los topetazos. Cómo coño no iban a tropezar con lo torpes que son los difuntos, por muy con los pies levantados del suelo que anden, si nosotros los vivos no podíamos movernos por la casa sin enredarnos con los puñeteros palos.

Todavía recuerdo una noche que me levanté a mear y cuando volvía del baño al cuarto, el comedor no era el comedor, sino un barracón de madera. Vagué desorientado en la oscuridad, tropezando con las hamacas, ahogado por el polvo que levantaban mis pies. Cuando llegué a la cama, la Loba me dijo que seguro había pasado a otra dimensión, o había tenido una visión de una anterior encarnación en la que fui un esclavo negro, y de ahí, además de mi pelo indomeñable, mi afición por el jazz, los blues y la música soul.

El caso es que los Viejos Difuntos, enredados en los recovecos de sus recuerdos, averiguando por sus cosas y por otros muertos, tropezaban con los puntales y hacían un ruido del carajo por la madrugada. Es sabido que los muertos, que se aferran a las rutinas y los trillos de cuando estaban vivos, tienen serios problemas para orientarse.

Cuando me botaron del trabajo la primera vez y tuve que vender los sillones porque no había para comer, el Abuelo, muerto diez años atrás, no los encontró y casi se cae de culo al intentar sentarse. Ahí mismo empezó a maldecir en italiano y español, y a patear y dar con el bastón en el piso de tal forma que los vecinos subieron a quejarse porque pensaron que era una bronca con extranjeros. De milagro, con la mala fama que me habían adjudicado, el CDR no llamó a la policía (otras veces la llamaron por menos bulla que aquella).

Total, por la mierda que me pagaron por los sillones con la rejilla rota y el barniz desgastado, no valía la pena disgustar al Difunto. Fue tanto su encabronamiento que no volví a sentirlo merodeando por la casa. Todavía lo echo de menos. Con los sustos que me daba y todo…

Arroyo Naranjo, junio de 2011

Bokeh catálogo

ABREU, Juan (2017): *El pájaro*. Leiden: Bokeh.

AGUILERA, Carlos A. (2016): *Asia Menor*. Leiden: Bokeh.
— (2017): *Teoría del alma china*. Leiden: Bokeh.

AGUILERA, Carlos A. & MOREJÓN ARNAIZ, Idalia (eds.) (2017): *Escenas del yo flotante. Cuba: escrituras autobiográficas*. Leiden: Bokeh.

ALABAU, Magali (2017): *Ir y venir. Poesía reunida 1986-2016*. Leiden: Bokeh.
— (2019): *Mordazas*. Leiden: Bokeh.

ALCIDES, Rafael (2016): *Nadie*. Leiden: Bokeh.

ANDRADE, Orlando (2015): *La diáspora (2984)*. Leiden: Bokeh.

ARMAND, Octavio (2016): *Concierto para delinquir*. Leiden: Bokeh.
— (2016): *Horizontes de juguete*. Leiden: Bokeh.
— (2016): *origami*. Leiden: Bokeh.
— (2018): *El lugar de la mancha*. Leiden: Bokeh.
— (2018): *Superficies*. Leiden: Bokeh.

AROCHE, Rito Ramón (2016): *Límites de alcanía*. Leiden: Bokeh.

ATENCIO, Caridad (2018): *Desplazamiento al margen*. Leiden: Bokeh.

BLANCO, María Elena (2016): *Botín. Antología personal 1986-2016*. Leiden: Bokeh.

CABALLERO, Atilio (2016): *Rosso lombardo*. Leiden: Bokeh.
— (2018): *Luz de gas*. Leiden: Bokeh.

CALDERÓN, Damaris (2017): *Entresijo*. Leiden: Bokeh.

CATAÑO, José Carlos (2019): *El cónsul del mar del Norte*. Leiden: Bokeh.

CASTAÑOS, Diana (2019): *Yo sé por qué bala la oveja mansa*. Leiden: Bokeh.
— (2019): *The Price of Being Young*. Leiden: Bokeh.

COLUMBIÉ, Ena (2019): *Piedra*. Leiden: Bokeh.

Conte, Rafael & Capmany, José M. (2018): *Guerra de razas. Negros contra blancos en Cuba*. Leiden: Bokeh, colección Mal de archivo.

Díaz de Villegas, Néstor (2015): *Buscar la lengua. Poesía reunida 1975-2015*. Leiden: Bokeh.

— (2015): *Cubano, demasiado cubano. Escritos de transvaloración cultural*. Leiden: Bokeh.

— (2017): *Sabbat Gigante. Libro primero: Hojas de Rábano*. Leiden: Bokeh.

— (2018): *Sabbat Gigante. Libro segundo: Saigón*. Leiden: Bokeh.

Díaz Mantilla, Daniel (2016): *El salvaje placer de explorar*. Leiden: Bokeh.

Espinosa, Lizette (2019): *Humo*. Leiden: Bokeh.

Fernández Fe, Gerardo (2015): *La falacia*. Leiden: Bokeh.

— (2015): *Notas al total*. Leiden: Bokeh.

Fernández Larrea, Abel (2015): *Buenos días, Sarajevo*. Leiden: Bokeh.

— (2015): *El fin de la inocencia*. Leiden: Bokeh.

Ferrer, Jorge (2016): *Minimal Bildung. Veintinueve escenas para una novela sobre la inercia y el olvido*. Leiden: Bokeh.

Gala, Marcial (2017): *Un extraño pájaro de ala azul*. Leiden: Bokeh.

Galindo, Moisés (2019): *Catarsis*. Leiden: Bokeh.

Garbatzky, Irina (2016): *Casa en el agua*. Leiden: Bokeh.

García, Gelsys (2016): *La Revolución y sus perros*. Leiden: Bokeh.

García, Gelsys (ed.) (2017): *Anuncia Freud a María. Cartografía bíblica del teatro cubano*. Leiden: Bokeh.

García Obregón, Omar (2018): *Fronteras: ¿el azar infinito?* Leiden: Bokeh.

Garrandés, Alberto (2015): *Las nubes en el agua*. Leiden: Bokeh.

Ginoris, Gino (2018): *Yale*. Leiden: Bokeh.

González Nohra, Fernando (2019): *Con sumo placer*. Leiden: Bokeh.

Guerra, Germán (2017): *Nadie ante el espejo*. Leiden: Bokeh.

Gutiérrez Coto, Amauri (2017): *A las puertas de Esmirna*. Leiden: Bokeh.

Gómez Castellano, Irene (2015): *Natación*. Leiden: Bokeh.

Häsler, Rodolfo (2019): *Cabeza de ébano*. Leiden: Bokeh.

Hernández Busto, Ernesto (2016): *La sombra en el espejo. Versiones japonesas*. Leiden: Bokeh.

— (2016): *Muda*. Leiden: Bokeh.

— (2017): *Inventario de saldos. Ensayos cubanos*. Leiden: Bokeh.

Hondal, Ramón (2019): *Scratch*. Leiden: Bokeh.

— (2020): *La caja*. Leiden: Bokeh.

Hurtado, Orestes (2016): *El placer y el sereno*. Leiden: Bokeh.

Inguanzo, Rosie (2018): *La Habana sentimental*. Leiden: Bokeh.

Jesús, Pedro de (2017): *La vida apenas*. Leiden: Bokeh.

Kozer, José (2015): *Bajo este cien*. Leiden: Bokeh.

— (2015): *Principio de realidad*. Leiden: Bokeh.

Lage, Jorge Enrique (2015): *Vultureffect*. Leiden: Bokeh.

Lamar Schweyer, Alberto (2018): *Ensayos sobre poética y política. Edición y prólogo de Gerardo Muñoz*. Leiden: Bokeh, colección Mal de archivo.

Lukić, Neva (2018): *Endless Endings*. Leiden: Bokeh.

Marqués de Armas, Pedro (2015): *Óbitos*. Leiden: Bokeh.

Miranda, Michael H. (2017): *Asilo en Brazos Valley*. Leiden: Bokeh.

Morales, Osdany (2015): *El pasado es un pueblo solitario*. Leiden: Bokeh.

— (2018): *Zozobra*. Leiden: Bokeh.

Morejón Arnaiz, Idalia (2019): *Una artista del hombre*. Leiden: Bokeh.

Méndez Alpízar, L. Santiago (2016): *Punto negro*. Leiden: Bokeh.

Naranjo, Carlos I. (2019): *Los cantos de Pandora*. Leiden: Bokeh.

Padilla, Damián (2016): *Phana*. Leiden: Bokeh.

Parra, Yoan Miguel (2018): *Burdeos*. Leiden: Bokeh.

Pereira, Manuel (2015): *Insolación*. Leiden: Bokeh.

Ponte, Antonio José (2017): *Cuentos de todas partes del Imperio*. Leiden: Bokeh.

— (2018): *Contrabando de sombras*. Leiden: Bokeh.

Portela, Ena Lucía (2016): *El pájaro: pincel y tinta china*. Leiden: Bokeh.

— (2016): *La sombra del caminante*. Leiden: Bokeh.

— (2020): *Cien botellas en una pared*. Leiden: Bokeh.

Pérez Cino, Waldo (2015): *Aledaños de partida*. Leiden: Bokeh.

— (2015): *El amolador*. Leiden: Bokeh.

— (2015): *La isla y la tribu*. Leiden: Bokeh.

— (2019): *Apuntes sobre Weyler*. Leiden: Bokeh.

Quintero Herencia, Juan Carlos (2016): *El cuerpo del milagro*. Leiden: Bokeh.

Ribalta, Aleisa (2018): *Talús / Talud*. Leiden: Bokeh.

Rodríguez, Reina María (2016): *El piano*. Leiden: Bokeh.

— (2018): *Poemas de navidad*. Leiden: Bokeh.

Saab, Jorge (2019): *La zorra y el tiempo*. Leiden: Bokeh.

Saunders, Rogelio (2016): *Crónica del decimotercero*. Leiden: Bokeh.

Starke, Úrsula (2016): *Prótesis. Escrituras 2007-2015*. Leiden: Bokeh.

Sánchez Mejías, Rolando (2016): *Mecánica celeste. Cálculo de lindes 1986-2015*. Leiden: Bokeh.

Timmer, Nanne (2018): *Logopedia*. Leiden: Bokeh.

Valdés Zamora, Armando (2017): *La siesta de los dioses*. Leiden: Bokeh.

Valencia, Marelys (2021): *Peregrinaje en tres lapsos / Pilgrimage in Three Lapses*. Leiden: Bokeh.

Vega Serova, Anna Lidia (2018): *Anima fatua*. Leiden: Bokeh.

Villaverde, Fernando (2016): *La irresistible caída del muro de Berlín*. Leiden: Bokeh.

— (2016): *Los labios pintados de Diderot*. Leiden: Bokeh.

Williams, Ramón (2019): *A dónde*. Leiden: Bokeh.

WINTER, Enrique (2016): *Lengua de señas*. Leiden: Bokeh.

WITTNER, Laura (2016): *Jueves, noche. Antología personal 1996-2016*. Leiden: Bokeh.

ZEQUEIRA, Rafael (2017): *El winchester de Durero*. Leiden: Bokeh.

— (2020): *El palmar de los locos*. Leiden: Bokeh.